Xin Yun Ji

心韵集

王兴田 著

敦煌文艺出版社

图书在版编目（CIP）数据

心韵集 / 王兴田著 . -- 兰州 : 敦煌文艺出版社，2023.6（2025.1 重印）
ISBN 978-7-5468-2373-7

Ⅰ . ①心… Ⅱ . ①王… Ⅲ . ①诗集—中国—当代②对联—作品集—中国—当代 Ⅳ . ① I217.2

中国国家版本馆 CIP 数据核字（2023）第 113826 号

心韵集
王兴田　著

责任编辑：余　琰
装帧设计：孟孜铭

敦煌文艺出版社出版、发行
地址：（730030）兰州市城关区曹家巷 1 号新闻出版大厦
邮箱：dunhuangwenyi1958@126.com
0931-2131536（编辑部）　　0931-2131387（发行部）

三河市嵩川印刷有限公司印刷
开本 720 毫米 ×1020 毫米　1/16　印张 14.5　插页 2　字数 182 千
2023 年 10 月第 1 版　　2025 年 1 月第 2 次印刷

ISBN 978-7-5468-2373-7
定价：58.00 元

王兴田《心韵集》序言

张文轩

在众多文学体裁中，诗占了半壁江山。诗可被之七音而歌唱，所以后世称之为诗歌。对于诗歌区别于其他文学体裁的特征，自古至今的贤哲们从不同角度作过许多概括。我们认为，讲得最为通俗生动而令人难忘的是现代著名学者刘文典教授的解说。抗日战争时期，刘先生执教于西南联大。在讲授诗歌创作而问及什么是诗时，他用"观世音"三个字作了回答，使满堂学子悬念陡起，丈二和尚摸不着头脑。然后他慢慢道来："写诗必须观世，即观察世事，洞察人们感情的细微变化，不如此，怎能把诗写得感人？写诗，必得音韵，谙熟平仄，不如此，怎能把诗写得琅琅上口？"这段话有两层意。一层是评价诗歌有两个标准：一看所言所语是否情真意切，感动人心；二看吟诵朗读时是否音律铿锵，朗朗上口。这就是思想内容和艺术形式两个标准。另一层是诗人要具备两个条件：一要善于观察世事，洞明人情；二要懂得声韵，韵熟四声。刘先生的话不是空穴来风，实际上是中国诗论"开山纲领"（朱自清语）"诗言志，歌永言"（《尚书·尧典》）的白话演义。"志"就是诗人的思想感情。言志的诗必须具有从思想感情层面上感化人的精神力量。"歌"与"诗"互文见义，指诗要有韵律之美，适于吟唱，可延长音节，增强记忆，传之久远。中国是世界公认的诗歌大国，这不但取决于其数量，也取决于其质量。其质量取决于刘先生所说的两个标准和两个条件。浏览中国诗歌史，从远古的《卿云歌》《击壤歌》等散见诗作到集结成本的《诗经》《楚辞》，再到洋洋大观的汉乐及唐诗宋词等，浪高云深，树茂花繁，使人目不暇接，皓首难赏其万一。毋容置疑，这些未留姓字的作者和大名恒悬宇宙的诗人都具有高超的情商和彻察世事的能力。他们融自身于社会群体之中，与社稷苍生同呼吸共命运。他们热爱祖国的山川河流，关注人民的喜怒哀乐。他们或描写生活中的某些精彩片段，或记述国家的重大事件，或讴歌光亮的真善美，或鞭挞阴暗的假恶丑，总会起到兴观群怨的作用，达到激浊扬清的效果。许多精品力作成了陶冶国民性灵的钧范，端正朝野言行的镜鉴。

唐代兴起的近体诗、宋代盛行的长短句（词）实质上都是格律诗，都讲究字数、句数、韵脚位置及句中与句间的平仄交替，形成了多种固定的语音模式。近现代国学泰斗章太炎先生说得很清楚："扬榷道之，有韵者为诗，其容至博。"（《国故论衡·辩诗》）。"有韵者"，即讲究押韵的作品。反过来说，无韵者皆不能列入诗作之中，可以毫不含糊地说，中国的传统诗歌都是押韵的。只有《诗经·周颂》中的《时迈》《噫嘻》《桓》全篇无韵。由于时代邈远，传抄难免有误，有待考证，属于特例，无法为今日无韵诗的创作提供先例。

天地的万事万物，有进化，也有退化。近几十年来，纱窗朽败，珠帘高卷，西风劲吹，古老的华夏文化受到了前所未有的剥蚀。在"颠覆""解构"之类的西方文论的引导下，早已被批倒的"为文学而作文""为诗歌而作诗"之类的怪论沉渣泛起，迷漫文坛。许多专业"诗人"生计优裕，四体不勤，成天坐在房子里自言自语。他们远离麦浪翻滚的农村、钢花四溅的工厂、塔吊斗转的工地、寒风凛冽的边哨和静谧无尘的实验室，不知道工农兵及科研人员的苦乐，更不知道为解决温饱而蓬头垢面的拾荒者和东躲西藏摆地摊者的艰辛与收获。他们口不发天籁乡音，心不明声韵四声，一篇又一篇地发表着既无思想内容、又无声律美感的“诗歌”。

一个民族的文化断档往往是从一些具体的事项逐渐完成的。中国诗歌的思想内容于艺术形式的传统要求如果被颠覆，不光是中国文化苑囿的悲剧，也是世界文化之林的灾殃。话又说回来，这种悲剧和灾殃是不可能发生的。当今社会对坚持四个自信已成定势，承扬优秀传统文化的重视越来越强烈，对浮躁学风、以丑为美的心态越来越反感。再说中国幅员辽阔，人口众多，滋养文化的沃土漫山遍野，散见民间的文化高手电闪星驰。我们高兴地看到，许多业余画匠、歌手、善舞者不时爆出精美绝伦、举世惊羡的文艺珍品。同样，许许多多的业余诗人不断推出刚健清新、音义并茂的诗作。我曾兼任过文联领导职务，至今仍不时收到他们的诗集。最近收揽的《心韵集》就是一本。其作者王兴田同志，出生农家，从小酷爱诗词，吟诵不辍。在新中国五星红旗下成长壮大，对党和国家情笃爱切。长期从事行政领导工作，与劳动人民保持着血肉联系。在繁忙的本职工作之余，触景生情，感事结句，开怀畅吟，引吭高歌，已作数百首新诗，结集成册。我拜读之后，总体感觉是：思虑纯正，主题鲜明，笔势刚健，声律协畅，足以流布化人。兹将其成功之处，从三个方面略加介绍。

从编排体例方面来看，作者颇具匠心。将全诗按义趣分为十五辑，有的辑内，根据侧重点不同，又分为若干小类。每辑每类都用四字格形式显列标题。读者纵览标题，可知作者倾心注目之所在，可依据兴趣通读全书，也可选读其小类。

从思想内容方面来看，视野开阔，画面丰满，感情充沛，爱憎分明。既有对红色革命历史的回顾，也有对现实建设事业的描绘；既有对功盖天地的伟人领袖的讴歌，也有对公而忘私的人民英雄的颂扬；既有对山水自然的礼赞，也有对社情民风的眷恋；既有对人生成败的感悟，也有个人成长的记录，百花盛开，五彩纷呈。对革命领袖、人民英雄作了热情歌颂，是本集诗歌思想内容方面的一大亮点。近几十年来，两方敌对势力故伎重演，雇佣一些小人舞文弄墨，对领袖人物、人民英雄极尽污蔑丑化之能事，妄图从精神层面摧垮红色堤坝。王兴田同志不忘初心，心明眼亮，诗作对这股歪风毒气给予了有力反击，可谓扶正祛邪的勇士，值得广大读者点赞和学习。

从诗歌的韵律方面来看，作者潜心向传统诗歌学习，达到了较好的音韵美感效果。首先，很重视句式的安排。全书基本上是整言诗，很少部分是仿宋词而作的杂言诗。整言诗中以七言八句为主要形式，这显然是继承传统诗歌中七言律诗的结果。读起来节奏明快，易于配乐歌唱。其次，作者很重视韵脚的安排和韵脚的规范。整言诗中基本上押首句入韵的偶句韵，少数押首句不入韵的偶句韵，这是律诗绝句的韵脚定式，保证了韵脚的充足密度。所依韵部为反映现代汉语音系的十三辙。为了突出地方特色，根据兰州方言，将中东、人辰两辙合并，即达到了押韵的效果，又为选择韵脚拓宽了范围，也为后世考察现代兰州方言留下了资料。当然，基本上押的是段韵，只有个别韵段押的是圆韵。在这一点上，作为一名业余作者，比许多不知韵脚为何物的专业“诗人”，还是强得多了。

诗海无涯，学无止境。《心韵集》既然已经基本上达到刘文典教授所总结的作诗标准与要求，说明已经迈上了诗径之庭除，只要认真向古典诗歌和民歌学习，进一步体察人情，精炼文辞，玩味音韵，就会登堂入室，为祖国的灿烂诗苑添上更美更多的花朵。

2022 年 3 月 1 日于兰州大学

张文轩，兰州大学教授、甘肃省人民政府文史研究馆资深馆员、曾任兰州大学中文系系主任、甘肃省文联副主席等职。

序

中华诗词源远流长，自西周初《诗经》成篇至今数千年间，尤其是唐宋数朝大家辈出，杰作累累，影响深远。今人之爱诗，作诗已蔚然成风。俯仰古今，纵横中外，或立志专攻，或业余爱好，或结诗社，或出诗集，但凡具有文字功底而驰骋骚坛者比比皆是。

诗词是文学殿堂中的瑰宝，是语言的精华，智慧的结晶，思想的花朵，是人性之美的灵光。它以抒情的方法，高度凝练的形象语言，和谐优美的旋律，集中地反映社会生活。用丰富的想象，富有节奏感的韵律美的形式陶冶情操，涵养气质，提升创作者的审美品位，理性情、励风俗、寓褒贬、借劝征，采用多种体裁，多种手法抒发作者的思想情感。因此诗词的创作与人们的现实生活关系非常密切，也是诗词创作取之不尽、用之不竭的丰富源泉。

王兴田先生精干倜傥，聪明伶俐，学习上进，智慧初露，组织领导能力大为彰显。考取师范后从教从政，仕途顺风顺水，敬业勤奋，孝亲爱国，才干得到充分发挥，在不同的领导岗位上政绩卓然，曾数次获得省、市、区三级劳动模范，优秀共产党员、优秀公务员等称号，是三届市、区人大代表。先生一生酷爱文学诗词、书法。多年来利用闲暇游览中华胜景，异域风光，才情横溢，触景而发，生活中充满了无尽的诗意，创作了不少的诗词文稿，而今界临花甲之年，退休在即之际，意将诗词文稿整理付梓传世，余赞赏之。先生将初稿携来永登邀余为之点窜补漏，审韵把关，深感为学之诚，至于平仄对仗，结句谋篇则保存原稿。洋洋洒洒共十五辑千余首诗词，主体鲜明、笔锋刚健、意蕴深厚、音韵流畅、用典自然、诗风明快、涵盖面广、信息量大，诗作饱含着作者的思想情感和丰富的想象。叙事鲜活翔实；写景情景交融；抒情情真意切；言志立意高远。崇古不泥古，求新不媚俗，凝练的形象语言，和谐优美的音律，让人一览有心胸畅和的美感，诗作处处洋溢着浩然正气，没有一丁点的尘滓。

纵观先生的大作，不论歌颂英雄，励志人生，针砭时弊，还是游历山水，友谊乡党，奉先敬老，处处张扬对中华传统文化的敬畏，事事突显尽职尽责的社会担当。袅袅私情，手足连心，彰显时代精神的佳作比比皆是，览者可一睹其风范。

衷心祝愿先生诗词结集面世，了却夙愿。更期退休后有更多更精的作品呈现。是为序。

甘肃省地方史志学会会员

谱乘学家、中学高级教师

周承武　　谨撰

辛丑孟秋

目　录 | CONTENTS

心韵集

第一辑

千秋伟业

革命导师

思想灯塔

锦卷匡世振苍穹，华夏秉志跨巨龙。
宣言[①]昭世明正途，资本[②]辨析挖穷根。
唤醒工农砸炼狱，再造河山擘大同。
坚持唯物换日月，神州重生崇马公[③]。

首开新宇

百年伟业肇冬宫，十月革命振苍穹。
首创社国赖暴力，实行民主靠工农。
昔日沙皇成旧历，今朝黎黔做主人。
列宁天功耀日月，锤镰高举励后昆。

①② 宣言、资本：指马克思名著《共产党宣言》和《资本论》。
③马公：即马克思。

百年鹏程

建党救国

十月惊雷醒东方，五四洪流引朝阳。
马列为师开新宇，南湖启航擘锦章。
击水中流先辈勇，砥柱九州统国疆。
试问华夏谁为主？立国圆梦锤镰强。

井冈起步[①]

秋昌起义[②]上井冈，朱毛会师铸辉煌。
旗引工农除旧制，兵行正规肇上杭[③]。
赣南星火燃九域，神州燎原万里光。
以村围城肇明途，星火燎原红碧苍。

遵义破晓[④]

三军喋血战蒋邦，五次围剿[⑤]势大伤。
遵义正航赴明途，毛公掌舵擘华章。
娄山关前歼劲敌，贵阳城头灭敌猖。
革命胜利由始越，乘风破浪振东方。

---

①井冈起步：1928 年 4 月毛泽东率领的秋收起义部队，朱德、陈毅领导的湘南起义和南昌起义部队会师井冈山，巩固扩大了全国第一个农村革命根据地。

②秋昌起义：指秋收起义和南昌起义。

③上杭：古田会议胜利召开之地。

④遵义破晓：指 1935 年 1 月中央政治局在遵义召开的极其重要的会议，确定了以毛泽东为代表的马克思主义的正确路线在中共中央的领导地位，挽救了党、红军和中国革命。

⑤五次围剿：1930 年 12 月—1934 年 1 月，蒋介石发动的消灭红军的五次大围剿。

长征会师

绝处逢生启新程，战略转移路峥嵘。
赤水四渡破绝境，雪山两翻傲昆仑。
兵夺泸定胜草地，旗展六盘笑凤城[①]。
万里长征开新宇，三军挥师跨巨龙。

势壮延安

雄师灭匪落边城，宝塔镇妖气象新。
虎跃神州书壮志，龙腾延河擘宏程。
南湾有粮丰衣食，枣园无敌胜东瀛。
星火成炬照明途，涅槃重生化和平。

雄起平山[②]

风雷激荡震东国，民族解放擘共和。
师挥太岳顽敌少，旗展中原捷报多。
克敌奇胜千里外，中枢妙筹九州歌。
赴京赶考破史律，乾坤再造红山河。

开天辟地

雄师过江扫残云，神州摧朽山河新。
王朝腐烂将垂死，共和新生展大鹏。
喜看北平庆国典，遍地英雄舞胜龙。
领袖振臂开新宇，人民志坚红苍穹。

---

①凤城：即会宁。

②雄起平山：1948 年 5 月中共中央、解放军总部进驻平山县西柏坡，成为建立新中国的指挥中心。

人民万岁

雄鸡一唱天下白，龙腾九州幸福来。
千古今朝民做主，百姓由此展雄才。
制度科学奔社路，星弹升空慑狼豺。
试看天下谁能敌，华夏儿女舞龙台。

改革开放

锤镰高举启大船，华夏思变擘新篇。
改革托起富裕梦，开放成就不夜天。
政稳经强凭特社[①]，民富国强赖群贤。
今日创业再鼓征，明朝圆梦震宇寰。

圆梦中华

擘画宏图再鼓征，高举锤镰腾巨龙。
匡扶正义惩贪腐，振兴中华再强军。
江山一统庆盛世，人民五福步春风。
更喜百年建国日，圆梦九州傲苍穹。

---

①特社：指中国特色社会主义理论。

心韵集

第二辑 浩然正气

感恩先驱

李大钊[①]

首传马列敢为先，擎纛建党振宇寰。
妙手著章醒百姓，铁肩担道黜三山。
鼓呼黎黔除旧制，旗引工农解倒悬。
先驱救国昭红宇，后昆秉志开新天。

夏明翰[②]

三湘暴动燃火星，九州农运震鬼神。
弯弓射狼寒敌胆，檄文剥皮醒国人。
立志杀贼何惧死，沙场灭敌敢作锋。
胸怀革命笃马列，血洒刑场主义真。

---

①李大钊：（1889 年 10 月 29 日—1927 年 4 月 28 日），字守常，河北乐亭人，伟大的马克思主义者，杰出的无产阶级革命家，中国共产党的主要创始人之一。1927 年 4 月 28 日被军阀张作霖杀害于北京。

②夏明翰：（1900 年—1928 年），湖南衡阳人。无产阶级革命家，革命烈士。1927 年春任全国农协秘书长，参加秋收起义。1928 年 3 月 20 日被国民党杀害。

方志敏[①]

创军除暴震江南，农运兴国开新天。
身虽清贫怀壮志，心系黎民绘彩田。
闽无红日君扫云，浙有暗鬼虎落滩。
铁窗豪情堪师表，刑场凛然震宇寰。

叶挺[②]

北伐名将唱大风，跃马中原斩顽凶。
仗剑除豹黄花岗，挥师斩狼汀泗滨。
起义南昌作砥柱，受命浙皖统四军。
身困铁窗心向党，魂归长天泣鬼神。

①方志敏：（1899 年—1935 年 8 月 6 日），江西弋阳人无产阶级革命家，政治家，杰出的农运领袖，闽浙皖根据地和红十军团的缔造者。1935 年 1 月 29 日被捕，8 月 6 日牺牲。

②叶挺：（1896 年 9 月 10 日—1946 年 4 月 8 日），广东惠阳客家人，解放军创始人之一，著名军事家，政治家。后临危受命统领新四军。1946 年 4 月 8 日与王若飞等在返回延安途中飞机失事遇难。

杨开慧[1]

身弱志坚心向党，含悲泣泪赞骄杨。
情结岳麓同革命，雁断衡阳各自翔。
身陷囹圄木兰勇，血洒法场巾帼强。
板仓识珠千年颂，霞姑菊德万代香。

鲁迅[2]

雄文老辣骨含香，旗手挥毫谱华章。
祥林妙塑讽尘弊，阿 Q 入木抨愚盲。
笔作投枪寒敌胆，墨生惊雷正玄黄。
横眉呐喊醒天下，哲思警世期国昌。

---

①杨开慧：1901 年出生于湖南长沙板仓，毛主席夫人。在板仓结识毛泽东并成为其得力助手。1930 年 11 月 14 日就义于长沙识字岭，年仅 29 岁。

②鲁迅：（1881 年 9 月 25 日—1936 年 10 月 19 日），浙江绍兴人。著名文学家，思想家，革命家，新文化运动的重要参与者、中国现代文学的奠基人之一。

蔡和森、向警予[①]

共运领袖志不凡，革命伴侣名震天。
向蔡同盟博风雨，国共统战解倒悬。
奔走寒暑闹工运，叱咤申城堪大贤。
疾书醒众生与死，征途生隙凤离鸾。

陈延年、乔年[②]

自由兄弟改信仰，笃志马列擘华章。
立党立国举锤镰，反父反右修党纲。
挥旗省港震华夏，助建铁甲驰沙场。
身陷囹圄丹心烈，龙华就义震穹苍。

---

①蔡和森：（1895年3月30日—1931年8月4日），党的早期重要领导人之一，革命家，理论家，1931年被捕英勇牺牲。向警予：（1895年9月4日—1928年5月1日），无产阶级革命家，中国妇女运动的先驱和领袖，因叛徒出卖英勇就义。

②陈延年：（1898年—1927年7月4日），安徽怀宁人，陈独秀长子。中共早期领导人之一，中共江苏省委书记。1927年6月26日于上海被捕英勇就义。陈乔年：陈独秀次子，曾任中共中央组织部副部长，代秘书长。1928年6月6日被捕英勇牺牲，年仅26岁。

杨靖宇

豫南暴动试刀锋，雪原受命抗东瀛。
鏖战南满马蹄疾，挽弓东辽旌旗红。
杀贼灭寇已穷力，吞絮果腹泣鬼神。
英雄罹难恨内鬼，豪杰永生昭汗青。

黄公略[①]

武昌射箭惊龙潭，平江暴动寒敌胆。
五军杀敌无遗贼，百草捉匪有辉赞。
飞将立马踏新途，湖湘横刀创共产。
将星陨落毛公哀，领袖诗赞英雄汉。

①黄公略：（1898 年—1931 年），湖南湘乡人，军事家。1928 年领导平江起义，任红五军军长，1930 年在战斗中活捉敌中将师长张辉瓒。1931 年在一次作战中壮烈牺牲。毛泽东称他为“飞将军”。

英雄赞歌

杨子荣[①]

孤身智闯威虎山，剿匪胆壮名震天。
黑话三试悦雕首，险境九历封新官。
兵发贼巢飞雪浪，计袭狼窝捣鸡筵。
流寇未尽身先死，浩气长存歌大贤。

八女投江[②]

娇小辞亲驱虎狼，红装深锁持钢枪。
游击倭寇木兰勇，喋血寒原巾帼强。
五军突围谁为盾？八女御敌战东洋。
弹尽毁械投乌水，气壮山河震碧苍。

---

①杨子荣：（1917年1月28日—1947年2月23日），山东牟平人。1945年参加八路军，历任战士、班长、团侦察排长，1947年智取威虎山，活捉座山雕。在追剿丁焕章、郑三炮匪首时英勇牺牲，时年30岁。

②八女投江：1938年10月在牡丹江市乌斯浑河以冷云为首的东北抗联8名女战士，为主动吸引日伪军掩护主力撤退，被包围于河边，在弹尽时高喊“打倒日本帝国主义”口号英勇投江而亡，最小的才13岁。

张学良、杨虎城[①]

骊山枪响惊枭雄，张杨兵谏动乾坤。
逼蒋抗日功当代，事变西安铭汗青。
胆刚何以捉放曹？御外还需统战新。
杀虎害良介心瘦，江山归民天道真。

刘胡兰[②]

年少有志岂怕妖，革命无畏堪天骄。
为救乡亲何惧虎，许身祖国敢折腰。
胡兰临危树傲帜，烈女舍身蔑铡刀。
生的伟大昭日月，死的光荣真英豪。

---

①张学良，辽宁人，陆军一级上将，著名爱国将领。杨虎城（1893 年 11 月 26 日—1949 年 9 月 6 日），国民革命 17 路军总指挥，陆军二级上将，陕西省主席。张杨在西安发动兵谏，逼蒋抗日。介心瘦：指蒋介石心胸狭窄。

②刘胡兰：（1932 年 10 月 28 日—1947 年 1 月 12 日）山西省文水县云周西村人，为救乡亲 15 岁时勇赴铡刀，英勇就义。毛主席为其感动，欣然题词“生的伟大、死的光荣”。

张思德[①]

普通一兵何言轻，全心为民泰山重。
长征曾是灭敌虎，烧炭亦为驱寒神。
窑塌救友惊中枢，枣园洒泪悼英雄。
领袖雄文耀日月，宗旨昭世为人民。

黄继光[②]

模范民兵争荣光，志愿抗美驰沙场。
路遇强敌胸作盾，身护战友旗高扬。
牺牲小我成大义，报效祖国灭豺狼。
中朝共赞垂千古，日月同辉万年长。

---

①张思德:（1915 年 4 月 19 日—1944 年 9 月 5 日）四川仪陇人。1933 年参加红军，1935 年随红四方面军长征到延安，后烧炭时因炭窑坍塌而牺牲。雄文指毛泽东于 1944 年 9 月 8 日在张思德追悼会上所作的演讲《为人民服务》。

②黄继光：（1931 年 1 月 18 日—1952 年 10 月 20 日）四川中江县人。1952 年 10 月 20 日在朝鲜上甘岭 597.9 高地用胸膛堵住敌人机枪眼，英勇牺牲，年仅 21 岁，被授予“特级战斗英雄”。

邱少云[①]

荒草伏兵躲侦寻，油弹突燃安惜身。
毒焰熔体咬牙断，铁拳抓地泣鬼神。
御敌取义宁玉碎，卫国舍生护大军。
执纪如山化忠骨，烈火金刚铸永生。

焦裕禄[②]

碱地翠微岂忘情，泡桐颔首亦感恩。
曾忍恶疾驱贫魔，愿做黄牛度春风。
治沙植树百事苦，克勤向善万象新。
身当楷模非为贵，功高为民跨胜龙。

---

①邱少云：（1926 年—1952 年 10 月 12 日），重庆铜梁人。1951 年赴朝参战，翌年 10 月 12 日因美军燃烧弹火烧全身，为避免暴露放弃自救，壮烈牺牲。

②焦裕禄：（1922 年 8 月 16 日—1964 年 5 月 14 日），山东淄博人。曾任兰考县县委书记，治沙植树，功勋卓著，因肝癌逝世。

赞雷锋[1]

猪童淬炼成英雄，箴言藏睿励后昆。
德业耀天缘毛著，善举绵长系凡功。
助人为乐隐身去，因公殉职泣鬼神。
二十二年铸永久，精神昭世名乾坤。

白求恩[2]

身处异域志相同，援华抗日何惜身。
火线悬壶斗倭寇，战地行医警鬼神。
捐械传艺无私欲，扶伤救死有勋功。
领袖专文赞大义，精神长存励后昆。

---

①雷锋：（1940年2月18日—1962年8月15日）湖南长沙人。1960年参军，同年11月入党，1962年8月15日因公殉职，年仅22岁。毛著即毛主席著作。

②白求恩：（1890年3月4日—1939年11月12日），1938年来中国参加抗日战争，1939年11月12日因病逝世。毛泽东主席专文《纪念白求恩》纪念他。

心韵集

第三辑

科技之光

科技带头人

地学济世醒玄黄，石油兴国李四光。
旗引科技钱学森，箭飞长空傲穹苍。
兴农梦牵袁隆平，杂交水稻足人粮。
殚精荒漠造氢弹，业丕华夏于钱[①]强。
隐姓铸剑黄旭华，核艇出海慑群狼。
舍身天眼南仁东，魂察浩宇贤名彰。
首建铁路詹天佑，长龙越岭驰京张。
数学折冠华罗庚，解析数论名五洋。
桥梁名世茅以升，巧布彩虹清誉长。
神州栋梁风采异，各领风骚襄国昌。

---

①于钱：指于敏和钱三强。

科技巨擘

钱学森[①]

突破藩篱身许国，血战荒漠胸怀策。
梦乘东风冲天宇，舟随火箭访寒月。
长龙裂空震敌胆，雄才兴国立伟业。
求是逐日胜夸父，引领科学堪巨擘。

邓稼先[②]

博士归来方年少，大漠埋名追舜尧。
护宝不惧核辐射，抗癌岂能断宏桥。
一心报国铸利剑，两弹裂空慑群妖。
华夏有幸遇泰斗，英雄无悔堪天骄。

---

①钱学森：（1911 年 12 月 11 日—2009 年 10 月 31 日）导弹之父，空气动力学家，两弹一星功勋奖章获得者，全国政协副主席。

②邓稼先：（1924 年 6 月 25 日—1986 年 7 月 29 日）中国科学院院士，两弹元勋，著名核物理学家。

袁隆平[①]

水稻杂交业路艰，科学育种绘彩田。
两腿污泥结硕果，一袖稻花香满川。
苦求索，开新天，为民足粮饱尘寰。
九秩归仙叹两梦[②]，当代神农功万年。

于敏[③]

铸剑埋名大写人，献书报国堪华英。
手握天尺敢量地，胸怀绝技可斩龙。
废寝苦战惊荒漠，氢弹空爆震苍穹。
青衫封将功华夏，史海留名颂雅翁。

---

①袁隆平：江西德安人。1930 年 9 月 7 日出生北京。世界杂交水稻之父。中国工程院院士，全国政协常委，2019 年被授予共和国勋章。2021 年 5 月逝世。

②两梦：即禾下乘凉梦、杂交水稻全球覆盖梦。

③于敏：（1926 年 8 月 16 日—2019 年 1 月 16 日），河北宁河人，核物理学家，国家最高科技奖获得者。被誉为氢弹之父。

黄晓华①

负笈离家追鲲鹏，海角隐姓铸铁龙。
母危思儿岂知处，国弱献身堪英雄。
百炼核艇惊世界，一剑出鞘方闻名。
忠孝难全怜老泪，家国在胸昭精神。

孙家栋②

领袖睿语震弱冠，学子回国勇扬帆。
隐姓荒漠无悔意，创业太空有宏篇。
密织卫星察风雨，遥控北斗锁尘烟。
航天英雄功华夏，创业圆梦再问天。

①黄晓华：广东揭阳人，1924 年 2 月 24 日出生海丰。国家最高科技奖获得者，中国核潜艇之父。

②孙家栋：1929 年 4 月 8 日出生于辽宁复县，中科院院士，从事航天事业 60 年，主持研究卫星 45 颗，北斗导航卫星总设计师，改革先锋，共和国勋章获得者。

国之重器

赞航母入列[①]

神鹰翱翔归母舰，铁甲犁涛安狂澜。
冲破岛链驱恶鬼，逐梦深蓝谱宏篇。
且看银龙腾四海，始信科技耀九天。
曾蒙国耻[②]惊华夏，今凭巨霸震宇寰。

赞奋斗者号深潜器

灵蛟入海本领高，科公[③]探洋破迷礁。
龙王惊叹何方圣？原是中华奋斗号。

---

①航母入列：辽宁舰、山东舰按期入列服役。

②国耻：指1894年的甲午战争，以中国海军全军覆没告终，邓世昌等英烈殉国。

③科公：指由中国自行设计、自主集成的载人潜水器，最深可下潜10909米。

赞高铁

才淋江南雨，又沐华北风。
路网贯通九州，南北任我行。
高铁如虎添翼，复兴快如闪电，弹指入云峰。
曾叹千里远，而今半日程。

穿隧道，越天堑，跨长虹。
科技助梦华夏，城乡展大鹏。
到处日新月异，更有青山绿水，祖国万象新。
奋进新时代，强国跨巨龙。

赞悟空号卫星①

身负重责巡太空，弹指银河访月宫。
大圣屈尊意为何？吴刚笑问步生风。
神猴答曰暗物质，腾云追踪至贵门。
致礼寒兄洺桂酒，悟空为国安惜身。

①悟空号卫星：是暗物质粒子探测卫星，2015 年 12 月 17 日发射升空。

赞神舟飞船[①]

神舟扶摇再问天，红旗招展映飞船。
太空行走惊玉帝，笑赞中华耀宇寰。

贺天问一号

长五腾空送祝融，圆梦火星启新程。
八亿[②]遥途何所惧，心向祖国探真经。

赞两弹一星元勋

青衫封将应有我，荒漠创业英雄多。
卧沙饮雪楼兰醒，斗风铸剑惊罗泊。
一星高歌耀天宇，两弹烈空镇群魔。
情将终身许华夏，但愿神州屹东国。

---

①神舟飞船：2008 年 9 月 27 日航天员翟志刚从神舟七号飞船第一次出舱太空展示五星红旗，成为第一位出舱活动的中国人。

②八亿：指地球和火星最远距离 8 亿里，天问一号要飞行 7 个月才能到达火星。

赞北斗导航[①]

强国圆梦赖网通，众星组团锁苍穹。
金睛能辩环球雨，灵耳可测宇宙风。
揽月九天无空域，捉鳖五洋有神功。
迷途导航仰北斗，复兴华夏跨巨龙。

赞首架水陆两栖飞机[②]研制成功

水陆两栖堪大鹏，叱诧九州展雄风。
升降自如无禁区，应急除险有神功。
取水湖海千方少，灭火山川万木春。
华夏从此蔑焰孽，长缨在手缚赤龙。

①北斗导航：是由 55 颗在轨运行卫星组成的全球卫星导航系统，全天候为各类用户提供高精度、高可靠定位、导航、授时服务。
②水陆两栖飞机：是中国具有灭火，水上救援的世界最大的两栖飞机。

心韵集

第四辑

史海拾贝

古代十大忠臣

诸葛亮

茅庐未出国三分，肝胆侍君两昆仑。
七伐中原为一汉，两表恳对三顾情。
苍天有眼降雄才，昭烈无悔托后身。
虽扶阿斗仍壮志，何患蜀地不春风。

魏征

龙虎风云开新天，君臣际会震宇寰。
归唐献策有丹心，犯颜为民无虚言。
明德慎罚聚众志，宽政清廉兴江山。
铁汉镜鉴醒天子，盛世共铸叹贞观。

林则徐

鸦片三夷[①]祸华疆，虎门一炬销烟长。
曾肃刀客解民患，更斥奸佞振朝纲。
休言谪贬君恩轻，且看兴边忠心常。
立志报国生死以，为政清廉贤名彰。

---

①三夷：指英美俄三国不断把鸦片输入中国祸害国人。

寇准

辛相罢宴气非凡，公断潘杨誉青天
澶渊退辽兴国祚，诤言立储稳江山。
戒律三条[①]无贪欲，开发半岛[②]有彩田。
善断多谋名华夏，忠君怀民堪大贤。

包公

清正刚廉问有无，色正芒寒看相府。
四勇赤胆缘主明，三铡公正因铁骨。
孝亲有德名天下，判案无私堪国柱。
清风两袖功华夏，正气一身慑龙虎。

海瑞

刚峰千秋谪海南，气正万代堪大贤。
赤手扫云常逆龙，丹心怀民敢诤言。
横眉驱邪何惧鬼，铁肩扛鼎襄江山。
清廉为官非钓誉，忠勇报国冀新天。

---

①戒律三条：为杜绝贿赂，寇准特定三条规矩，说情者掌嘴，送礼者断腿，行贿者砍手。

②半岛：指寇准被贬雷州半岛时，成绩斐然。

文天祥

正气浩然耀星辰，文公报国累虎身。
时危百战身先卒，国破九死心向民。
抗敌途穷仍壮志，伶仃洋寒叹幼龙。
不做二臣垂典范，但留寸心照汗青。

于谦

忠君怀民敢为先，善战骁勇震宇寰。
京师危难挫敌遁，汉王叛乱力复天。
奸党利诱无苟且，朝纲不兴有诤言。
国似累卵勇担道，性如石灰赞于谦。

史可法

气吞如虎横刀枪，马踏群寇卫国疆。
凭栏弹剑镇恶虎，立马横槊灭胡狼。
血战城破岂二臣，玉碎忠君事一王。
休言乱世无硬汉，且看史帅英名彰。

郑成功

忠昭华夏堪栋梁，旗引父部驱荷狼。
胆壮杀贼夺宝岛，势压骇涛收国疆。
安民戍边施良策，划府屯田吏治强。
维权定海成一统，伟迹薰天万代彰。

古代十大名将

王翦[①]

马踏群雄冠沙场，国遇良将襄始皇。
勇而多谋平燕赵，智且不暴魏楚亡。
剪除六国归秦室，威震八方统华疆。
功成索宝为避祸，冰心遭谤骨含香。

①王翦：秦国著名大将，杰出军事家，被封武成侯。陕西富平人，子乔后裔。他智而不暴，横扫六国，是华夏统一的最大功臣。其子王贲，上将军，被封通武侯。其孙王离袭封武成侯，拜上将军，重孙王霸迁居太原成为太原王氏的始祖。故后世尊王翦为琅琊和太原王氏的共同祖先。遭谤：王翦为自保，向皇帝求财不求官，终得善终。

蒙恬

将门虎子[①]善御兵，边陲列阵慑胡匈。
统修直道连广域，高筑长城卫帝京。
岂料奸贼暗矫诏，无奈强梁断帝龙。
挥戈驱狼功华夏，闲改毛笔名丹青。

霍去病

武帝挥鞭锁狼烟，将军仗剑卷胡天。
马踏十万扫残云，兵驰八千捣龙坛。
雄师无敌惊广域，骠骑有谋出少年。
龙悦赐金迎官道，军侯凯旋傲宇寰。

冉闵

勇冠项羽乘朱龙，剑扫沙场斩猢狲。
豪杰临危擎义帜，壮士兴国振苍穹。
救汉赓脉功华夏，融族和民九州同。
千秋硕德耀日月，万代英名照汗青。

---

①将门虎子：指蒙恬的父亲蒙武、祖父蒙骜均为秦国大将，可以说虎父无犬子。蒙恬改良毛笔，功莫大焉。

薛仁贵

跃马西征战沙场，横戟逆袭开北疆。
家国在胸安天下，君臣际会灭胡狼。
勇冠三军寒敌胆，策马一箭定大唐。
忠君怀民虎将勇，鼎新华夏英名彰。

岳飞

还我河山斩金顽，怒发冲冠未下鞍。
北伐连胜剿穷寇，金牌急招毁江山。
馋君无非偏安策，害杰岂是个人冤。
奸相千载跪大义，岳帅万代屹苍天。

戚继光

威震四海无余产，叱咤卌年有青天。
严布战阵宁辽蓟，宽扶兵民戍边关。
将军百战生死以，英雄千里倭胆寒。
忠勇报国耀日月，浩气长存歌大贤。

辛弃疾

孤身挥戈斩顽凶，群狼围攻岂可赢。
社稷昏聩无明日，沙场鏖战有英雄。
意境迷人惊子瞻，词坛喜遇飞将军。
壮志未酬身先死，忠君怀民震苍穹。

袁崇焕

铁臂横刀镇边关，罕王欲战心胆寒。
喜看戎防有忠帅，岂料馋君无青天。
大厦即倒思良将，崇祯悔死丢江山。
可叹乾隆昭冤雪，试问袁公魂可安？

左宗棠

湖湘俊杰赞文襄，江浙善政吏治强。
志坚筹款争寸土，抬棺西征收新疆。
直道葱茏有左柳，西域安定无豺狼。
君引春风度关暖，民获新生百花香。

观《跨过鸭绿江》[1]有感

两战两胜

雄师百万赴江东，伟人宏谋气贯虹。
云山反击破敌胆，黄岭突袭斩敌锋。
尸沉雪岭撼山岳，血透长津[2]泣鬼神。
立国两战撕纸虎，抗美双捷跨胜龙。

五役大捷

百门大炮破临津，三军奇袭夺汉城。
高阳数战灭铁虎，小号一把退英兵。
多钳合击胜五役，血战金化捕群猕。
联军技穷终俯首，雄师威武震苍穹。

以战促和

谈战结合谋略精，敌我互杀试真功。
桌前舌剑斩讹诈，火线横枪挫敌锋。
歼寇逃窜江源道，灭贼连胜上甘岭。
技穷罢战美息火，铁军高歌旗更红。

---

①《跨过鸭绿江》：2020 年董亚春执导的抗美援朝战争剧。1950 年 10 月，中国人民志愿军赴朝作战，1953 年 7 月双方签订《朝鲜停战协定》。1958 年志愿军全部撤回中国。

②长津：指朝鲜半岛长津湖之战。

立威凯旋

雄师凯旋战旗扬，班师回朝跨大江。
志愿抗美驱恶虎，颠倒乾坤破黄粱。
联合国军羞天下，谈判桌前枉逞强。
援朝一战威名远，神州三军慨尔康。

观《大秦赋》有感

秦始皇[①]

黑云压城险环生，政少遭困邯郸城。
师授王道壮鹏志，剑统华夏腾祖龙。
首创郡县强吏治，始轨国制[②]昭汗青。
威震九州开新宇，千古一帝名苍穹。

①秦始皇：（前 259 年—前 210 年），中国古代杰出的政治家，战略家，改革家，首次完成中国统一大业，称为始皇帝。年少曾拜于恩师申越门下接受帝王之术。
②国制：此主要指统一文字、度量衡等。

吕不韦[①]

巨贾谋政钓储君，奇货可居赚相丞。
笼赵经秦具大才，统疆灭六襄祖龙。
块垒在胸事几何，春秋成书字千金。
江山一统君有策，功过三代史无情。

李斯[②]

法儒兼治设郡县，攻交伐谋敌胆寒。
文轨合一显锐智，统六归秦堪大贤。
矫诏一计因私欲，腰斩三族悔鼠缘。
东门牵犬成一梦，毕生心血化尘烟。。

梦断沙丘

始皇巡游途染病，蒙毅会稽空祷魂。
祖龙驾崩遗书在，赵高偷世诏换人。
丞相有私鬼作祟，长苏无罪鸩亡身。
曾赞始皇俱雄略，但惜废储叹后空[③]。

---

①吕不韦：（？一前 235 年），河南安阳人。秦国开国丞相，曾为巨贾，在赵国时帮嬴政逃回秦国并助为太子，庄襄王登基后拜其为相并让嬴政称之为仲父。吕不韦为人深谋远虑，以利益为重。撰有《吕氏春秋》一书并悬于市，昭告能改一字者赏千金。

②李斯：（？一前 208 年），河南上蔡人，秦国丞相。在统一六国，文字度量衡等方面贡献重大。但其私心很重，伙同赵高计杀太子，最终被腰斩于咸阳夷灭三族。临终羡慕曾经牵狗漫步的惬意之情景。后悔“逐客令”下达时未远离秦国。

③叹后空：指秦始皇霸业蒸腾时废除了太子扶苏，造成后继空虚，给赵高等矫诏篡权埋下伏笔。赵高伙同丞相李斯矫诏扶十六子胡亥登基，并毒杀太子和反对的大臣，随后又谋杀了秦始皇三十位儿女。秦朝只存世十五年而亡。

—心韵集—

第五辑

叹水品山

慕览五岳

再登泰山

挥汗万级赏名山，势丕五岳景斑斓。
驰目四海众山小，漫步十景迷游仙。
近岭墨宝多骚客，远峰云海锁彩田。
自古岱宗通帝座[①]，势压群峰誉满天。

游华山

挥汗险道疑通天，侧耳银河笑声喧。
韩愈投书[②]遗笑柄，沉香救母[③]敢劈山。。
鹞子翻身[④]魂飞外，长空栈道[⑤]人胆寒
劝君勠力临绝顶，晚霞照台好会仙。

---

①帝座：皇帝宝座，此指皇帝。岱宗即泰山。

②韩愈投书：指大文豪韩愈游华山苍龙岭时魂飞魄散，号啕大哭，写下遗书投向山下，幸被采药老人发现救之并灌醉后抬下山。

③沉香救母：指民间传说沉香劈开华山勇救母亲的神话故事。

④⑤ 华山名胜。

游南岳衡山

重峦滴翠云绕峰，万山红遍映星城[①]。
天柱冲霄近日月，紫盖恢弘惊鬼神。
入云祝融展锦绣，巍峨岳麓[②]腾巨龙。
东道西佛[③]千年旺，仙山福地万象新。

游北岳恒山[④]

恒山巍峨腾巨龙，天翠[⑤]对峙溪贯中。
果老台[⑥]上琴声远，翠屏山腰寺悬空[⑦]。
龙泉[⑧]甘甜可疗疾，姑嫂崖[⑨]里何拜神。
三教同山互为友，万众慕名赏碧峰。

---

①星城：长沙。

②天柱、紫盖、祝融、岳麓山为七十二峰之代表。

③东道西佛：衡山东边八座道观，西边八座佛寺，香火均旺盛，为该山一大景观。

④恒山：位于山西境内，是冀中平原的咽喉要冲。

⑤天翠：指天峰岭、翠屏山。

⑥⑦⑧⑨为恒山著名景点。

游中岳嵩山[1]

策杖嵩山揽大观，驰目中原景斑斓。
骚客遗书无庸字，达摩面壁有遗篇。
礼佛赏武少林寺，纳凉敬祖三皇殿。
禅宗祖庭名华夏，红枫蔽日锁尘烟。

情游三山

游庐山

慕游香炉赏彩练，飞瀑三叠迷游仙。
紫气引路无俗客，诗词壮怀有宏篇[2]。
万壑松涛皆丽景，一泉清水半坡烟。
借问仙洞何处觅？村姑遥指天池山。

---

①嵩山：是中国佛教名山和道教名山。先后有30多位皇帝，150多位著名文人亲临览胜，达摩祖师曾在此面壁修炼。此地少林寺为“天下第一名刹”。

②宏篇：指历代大家和毛主席著的《登庐山》《仙人洞》等佳作。

游雁荡山[①]

临海登山观巅湖[②]，碧峰连绵游仙都。
瀑自崖头挂彩练，景入云峰腾於菟。
身处江南非精雕，气如东岳有胜图。
峻岭幽美荡大雁，名山滴翠南天舒。

重上黄山

挥汗石级一身轻，借杖来收万壑风。
琼山滴翠连天秀，灵石藏瑞聚华英。
放眼云海腾锦浪，侧耳松涛荡碧峰。
情比五岳无逊色，风韵不输有盛名。

名山如画

游乌龙山

湘西览胜叹龙山，碧峰连绵景斑斓。
溶洞奇瑰连三省，峡谷悠长映九天。
曾经狼踞盗匪猖，如今民富社会安。
夜宿里耶歌盛世，篝火别样醉心寰。

---

①雁荡山：是浙江省东南临海的一处名山。
②观湖巅：指雁荡山山顶湖泊。

再谒韶山

邵峰腾龙环山冲，往事萦怀待天明。
蜗行争览求一是，只因此地出大鹏。
澄清王宇有雄才，辟地开天江山红。
再谒胜地沾福气，轻装圆梦步春风。

登岳阳楼

巴陵览胜[①]十月秋，洞庭烟波[②]一眼收。
君山云断巫峰雨，湘水欢歌归汉流。
休言荷池容颜老，且看渔火[③]香满楼。
但愿范公[④]弃忧去，共邀吕仙[⑤]品月馐。

登滕王阁

巍阁凌云屹江东，勃公宏赋[⑥]振大名。
目醉流霞挂楼角，心痴壁画荡古风。
长河千帆竞宏业，高铁万里驰飞龙。
滕王[⑦]若醒惊望眼，洪城今朝胜古人。

---

①②③ 均为岳阳楼名胜。
④范公：即范仲淹。
⑤吕仙：即吕洞宾。
⑥勃公宏赋：指王勃名赋《滕王阁序》。
⑦滕王：指李元婴（李世民之弟）落魄却不丧志，依旧高歌抒怀。

游老龙头偶感

万里长城雄赳赳，凌空入海老龙头[①]。
尾摆西峪[②]扫强胡，气吞大洋驱恶流。
梦里城垛鸣飞镝，眼前巍楼近斗牛。
名震九州连广域，襟怀万里挥方遒。

重上井冈山[③]

驱车夜雨行，井冈拜英雄。
仰界闻战鼓，俯道曾屠龙。
八角油灯亮，五井展雄风。
击桨三万里，始信九州红。

游武夷山

久慕武夷下崇安[④]，策杖石道观名山。
丹霞碧峰腾紫气，林深草密尽彩田。
九曲渡筏谒彭祖[⑤]，三湾览胜拜宋官[⑥]。
故地重游舒广志，仙客引吭唱新天。

---

①老龙头：在秦皇岛市山海关城南 4 公里处渤海之滨。

②西峪：即西边嘉峪关。

③2008 年 10 月我从梅州冒雨驱车夜行，重上井冈山览胜有感。

④崇安：武夷山市古称崇安。

⑤彭祖：据传武夷山是彭祖及儿子彭武、彭夷挖山治水而得名。

⑥宋官：指朱熹在此创办紫阳书院。陆游、辛弃疾先后在崇安为官。

游厦门鼓浪屿[①]

洞天浪打鼓传声，和风弹窗现娉婷[②]。
柳岸红楼惊望眼，南国妖娆醉鬼神。

游歌乐山[③]有感

朝登歌乐车匆忙，霞披红岩游仙长。
才惊将军祠边死[④]，又骇少童刀下亡。
歌乐山中无歌乐，渣滓洞里英烈殇[⑤]。
酷刑难移报国志，且看红旗[⑥]迎曙光。

游武隆天坑地缝

三桥互通赏丽景，四壁连珠势恢弘。
天工巧夺天坑美，鬼斧神劈地裂缝。
坐观太空玉盘小，放眼鲤鱼跳龙门。
名胜稀奇藏蜀地，游仙观止叹美屏。

---

①鼓浪屿：因岛西礁石有洞，每当涨潮水涌、浪击礁洞，声似擂鼓，鼓浪屿因而得名。

②娉婷：即美女。

③歌乐山：重庆歌乐山传说因大禹治水召众宾歌舞于此而得名。

④将军死：杨虎城将军及儿子、女儿被国民党特务杀死于戴公祠。

⑤英烈殇：指新中国成立前夕，国民党在渣滓洞监狱惨杀革命烈士 321 人之多其中包括小萝卜头。

⑥红旗：指江姐等革命烈士牺牲前和狱友绣旗明志，并嘱战友保存红旗交给党组织。

再登长城

策杖居庸步履轻，驰目长城腾巨龙。
休言筑墙伤民力，且看胡人欲难平。
曾拒虎狼佑华夏，今借旅游兴黎民。
劝君少骂千古帝，但愿雄迹万代春。

游太白山

云断太白势连天，峰回关中起龙山。
岭分南北物候异，雪飘夏秋身自寒。
诗留丹壁无庸客，岁越彭祖有寿仙。
追日身乏温泉爽，秦川寄梦筹新篇。

车过日月山[①]

界分青黄两高原，峰断云雨岂同天。
汉藏联姻公主勇，家国泪别去长安。
蕃道革古扬汉俗，宝镜落化日月山。
民族团结铸大义，度母菩萨升佛坛。

---

①日月山：传说文成公主因思长安怒摔“日月宝镜”分成两瓣，正好落在东西两个山包之上，形成日月山。后文成公主化为白度母菩萨，世受汉藏人民崇拜。

过火焰山

悟空灭火巧借扇[①]，师徒勇过铁门关[②]。
今日西域开盛世，大圣惊叹换新天。

游沙坡头

塞外黄沙千里柔，湖光醉客一眼收。
大漠长河落日远，汉关古渡锁春秋。

游呼伦贝尔大草原

茫茫草原兴安府，青青绿浪呼伦牧。
牛羊千山归云海，鹤雁万里不思蜀。
湖泊连珠天然美，江河纵横资源富。
鞭驰骏马访故地，目醉塞外风光酷。

---

①巧借扇：指悟空巧借牛魔王夫人芭蕉扇灭了火焰山熊熊大火。火焰山是吐鲁番著名的景点。

②铁门关：距火焰山 25 公里处。

游骊山[①]

幽王三试戏诸侯[②]，褒姒一笑江山丢。
贵妃喜浴[③]华清热，明皇贪奢盛势休。
事变西安惊国共，逼蒋抗日赖毛周[④]。
骊山遗事昭日月，警钟长鸣挥方遒。

秀水神韵

赞黄河

龙腾长峡势震天，水越千古无终闲。
齐老峰前孕巨能，昆仑脚下裂群山。
情系华夏百回首，魂牵大海犹向前。
洪泽沃野育华族，电站兴邦福永年。

---

①骊山：位于西安临潼，因远眺如苍黛色的骏马而得名。
②戏诸侯：指西周幽王为了褒姒一笑，点燃烽火三戏诸侯而丢了江山。
③喜浴：指唐明皇为美人杨玉环专设豪浴，吃喝玩乐。
④毛周：指毛泽东主席和周恩来总理。

赞长江

波澜壮阔向东流，胸怀黎苍半壁收。
江兴百业惠千古，泽被万众富九州。
浪没枭雄[①]成往事，水渡雄师[②]换春秋。
锦涛扬帆无终止，龙腾华夏挥方遒。

游鄱阳湖

五河归宗问有无，万禽戏水看镜湖。
船舰逐浪腾锦绣，霞鹜齐飞景当殊。
柳岸摩楼连广域，轻舟渔火昊天舒。
更有龙舟鼓点紧，劈波扬帆擎宏图。

西湖遐想

闲步白堤细思琢，龟蛇[③]缘何唱悲歌。
许白[④]泪散恨法海，人妖冤情遭天磨。
三界风物须放眼，千年恩仇宜释戈。
裴陀[⑤]岂是无情物，重修金山有贤哲。

---

①浪没枭雄：指三国时火烧赤壁曹操损兵百万。

②水渡雄师：指解放战争百万雄师过大江、建立新中国之盛事。

③龟蛇：指法海和白娘子。

④许白：指许仙和白娘子。

⑤裴陀：指唐相裴休之子法海，因重修金山寺人称裴头陀。

游太湖有感

范蠡兴越[①]智灭吴，西施弘义德不孤。
尝胆励志缘使命，许身救国因良图。
功成勇退双飞翼，舟泛太湖两明珠。
借问仙迹何处觅？但看财神敬陶朱[②]。

咏大运河[③]

漕运穿梭争江流，水系沟连达燕州。
富灌千乡腾绿浪，繁荣百市人烟稠。
舟楫南北织锦绣，商贾东西挥方遒。
力开运河倾国力，功泽当代惠千秋。

游天涯海角

鹏飞天涯腾云烟，客步海角观仙山。
一柱定潮思圣猴，三峰环抱品龙湾。
观音驰目靖恶浪，商队破浪扬大船。
信游胜地无俗客，放眼宝岛有新天。

---

①范蠡兴越：越王勾践卧薪尝胆十年，在宰相范蠡、义女西施的鼎力帮助下灭吴兴越，以雪前耻。

②陶朱：即范蠡，弃官经商，富甲一方，数次散尽家财，后居山东定陶，被封为财神。

③大运河：始建于春秋，扩建于隋朝，元朝时通北京。全长2700公里，与长城、坎儿井并称为中国古代三大工程。

咏赤水河

寒道崎岖山横断，热战惨烈人化烟。
才过湘江血成河，又临土城虎当前。
红军一战伤元气，赤水四渡蒋蒙圈。
雄师乘胜过贵阳，长征由此向新天。

游灵渠[①]

千里运河缘始皇，六合投兵统壮乡。
铧嘴分水入桂地，灵渠惠民百业昌。
勾连湘漓南北盛，漕接江珠东西强。
穷创伟业富千古，泽被南国万代香。

游五大连池

漫步胜地观仙山，碧峰滴翠景斑斓。
有客惊指禽如云，无风起浪人胆寒。
山川再造缘地火，岩浆妙化成彩田。
生态原始风光美，环保当先远炊烟。

---

①灵渠：位于广西兴安县，于公元前214年秦国凿渠通航，运兵灌田，有“世界古代水利建筑明珠”之称。

游九寨沟偶感

景如诗画叠碧潭，客游瑶池醉心寰。
溪流清澈鱼读月，层林静谧鸟议天。
老妻忘返熊猫海，皮孙乐翻珍珠滩。
此景只应天上有，九寨何时列仙班？

观壶口瀑布[①]

黄龙咆哮奔崖边，飞瀑携雷贯壶渊。
雾烟千层蔽日月，浊浪万仞壮山川。
长空无云腾细雨，彩虹有情绚人间。
一泻千里富华夏，百折不回永向前。

陇上览胜

游兴隆山

陇右明珠赞兴隆，碧峰映日霞蔚蒸。
才过卧桥拜可汗，又登宝殿谒圣雄。
气喘喜饮太白水，身热步林纳松风。
索道凌空惊远客，乘兴再游栖云峰。

---

①壶口瀑布：西临陕西省延安市宜川县壶口镇，是中国第二大瀑布，世界最大的黄色瀑布。

游焉支山[①]

故地重游踏青川，牧场放眼碧连天。
马戏草场景迷客，狗驱羊群云绕山。
千倾菜花勾遗事，万国朝隋[②]壮山丹。
灭胡当数霍将勇，强国更赖众群贤。

游松鸣岩

甘霖洗面满山新，翠峦腾云展画屏。
练瀑三叠迷望眼，佛经九诵醒凡尘。
松涛送爽知人意，众鸟欢歌赞胜龙。
落日惜别游客去，僧林寂对品金风。

游官鹅沟

官鹅已去留芳山，翠峰更绿景斑斓。
半溪清波腾欢曲，两山对歌醉游仙。
石径崎岖通云海，碧潭连珠禁客船。
盛世陇南多佳地，远客览胜不思还。

---

①焉支山：祁连山支脉，位于山丹。西汉大将霍去病挥师西进至焉支山大败匈奴。
②万国朝隋：指隋朝隋炀帝亲至焉支山会盟西域27国王公使团，史称“万国博览会”。

游冶力关[1]

明将戍边镇临潭，铁马驰骋战藏南。
莲峰入云绘丽景，悠峡滴翠醉游仙。
阴阳怪石羞赧目，山巅冶海碧连天。
胜地再造引远客，生态恢复歌群贤。

游水车园

仲春踏青赏名园，古代筒车湘引兰。
改良木轮水上台，喜灌旱塬绘彩田。
廓外百里无闲地，农夫三季有余欢。
金城受惠感贤老[2]，水车功繁誉满天。

---

①冶力关：位于甘南临潭县，是茶马古道。明朝派江淮军队镇守冶力关并融入本地，现在该地民居马头墙等仍显江淮风格。

②贤老：指段续，兰州段家滩人。明嘉靖二年（1523年）进士，在湖滨为官时见当地竹木筒车提水灌田，便引入兰州仿制成功，造福桑梓。新中国成立时，兰州有水车252轮。

赞五泉山

暑气熏天奔五泉，琼林纳凉百姓欢。
楼悬丹崖惊游客，乐到名山赏碧莲。
长廊腾龙连巅阁，叠水穿石润故园。
登顶览胜金城美，爽心醉目尽彩田。

游天祝小三峡

驱车避暑奔三峡，靓女载歌献哈达。
藏乡风光游仙醉，珍馐美酒忘还家。

南山览胜

信步兰山近斗牛[①]，古城风光一眼收。
琼楼拂云连广宇，黄河穿城景色幽。
瓜果飘香醉远客，灯火辉煌难见头。
金盆养鱼[②]锦绣地，冬暖夏凉羡兰州。

---

①斗牛：指北斗星和牵牛星。

②金盆养鱼：指兰州地形四周高，中间低，形似金盆，意为风水宝地。

咏五泉

山，
巍峨，斑斓。
崖峭立，寺空悬。
胜景迷人，锁翠凝烟。
霍将[①]迷游客，祛病信如仙。
霞披琼楼玉阁，云挂古刹飞檐。
醉月如钩泛莲池，乐到名胜有余欢。

游兰州植物园

携亲游园气象新，驰目菊展满眼春。
巧扮龙鳞增瑞气，妙化鹤衣纳祥云[②]。
且听园中歌声美，欣看湖畔景缤纷。
胜日寻芳全家乐，移步换景入画屏。

---

① 霍将：指兰州市五泉山公园内西汉大将军霍去病雕像。
②巧、妙两句：指用百菊造型成为龙鹤图腾，栩栩如生。

游徐家山公园

信步曲径数十旋，侧耳层林百鸟欢。
中正碑[①]旁忆旧事，耀邦林[②]前歌大贤。
退耕还绿广草木，反弹琵琶碧连天。
恢复生态襄伟业，众志圆梦兴陇原。

过乌鞘岭[③]有感

峰断南飞雁，日候四季新。
巅覆千年雪，水润一川民。
昔日翻山难，如今险途平。
五隧[④]畅丝路，欧亚传佳音。

---

①中正碑：1942 年蒋介石视察兰州时令绿化南北两山，1943 年 9 月当局选定徐家山为试点并立碑纪念。

②耀邦林：1983 年胡耀邦视察该公园时提出了退耕还林，种草植树。

③乌鞘岭：位于甘肃省天祝县，为陇中高原和河西走廊的天然分界。

④五隧：指打通乌鞘岭的五座隧洞。

游景泰石林

驱车石林穿云烟，驰目黄河富中泉。
喜乘皮筏奔胜地，漫步幽谷景满山。
大象汲水[①]鹰回首[②]，危崖峭柱[③]狮当关[④]。
屈原问天[⑤]此何地？汉吕妙对[⑥]美龙湾。

游月牙泉

洗心月牙泉，革面鸣沙山。
风吹野马疾[⑦]，弦月坠尘烟。
圣水疑天落，金驼饮边关。
雨旱收有道，沙泉乐自安。

游张掖七彩丹霞

登高览胜步春风，驰目层峦披彩虹。
谁将霞衣[⑧]抛凡地，疑是王母丢凡尘。
群山连绵腾色浪，游仙漫步入画屏。
胜地寄梦舒广志，陇原再造跨胜龙。

---

①②③④⑤⑥ 均为景泰石林名胜景点。
⑦风吹野马疾：指风沙起时犹如野马奔腾之景象。
⑧霞衣：即王母娘娘的五彩霞衣。

心韵集

第六辑

九州风韵

华北篇

登天安门

天安承运扼皇宫，金碧巍然壮帝京。
重楼九楹托国祚，城门五阙藏麟龙。
雄踞广场耀日月，高悬国徽倚工农。
华夏之窗载民意，重如泰山振乾坤。

谒纪念堂

弹冠缅怀排长龙，万众肃穆谒毛公。
泪瞻慈颜翻心浪，情忆鹏程歌救星。
曾提雄师驱虎豹，更开新宇拯黎民。
今逢盛世创伟业，举旗圆梦铭天恩。

赞北京

肇始金主迁燕京①，辉及永乐②建都城。
旗展宏楼开新宇，民获新生颂毛公。
驰目山川呈帝势，漫步京畿跨巨龙。
今日首都开盛世，国歌嘹亮醉东风。

---

①燕京：北京旧称燕京。1153 年金国皇帝完颜亮从上京（黑龙江阿城县）迁都燕京。

②辉及永乐：指明成祖朱棣在永乐四年（1406 年）迁都北京始建故宫，永乐十八年（1420 年）落成典礼。开创世界古建新纪元。

游北京动物园

清王别墅今兽园，信步览胜爽心寰。
孔雀开屏迎远客，熊猫挥手送游仙。
可叹皮猴误人意，怒夺香蕉充美餐。
最是少童怨落日，穿梭往来不知还。

游圆明园[①]有感

雨行名园满眼残，风吹凋景人心寒。
晚清弊政招恶鬼，列强横刀毁皇园。
独坐断柱愤往事，泪瞻水法恨满天。
且留遗迹警后世，思危方可兴宇寰。

游故宫

金阙生辉势恢宏，古建传神名苍穹。
紫禁为城缘永乐，圣主威临因世平。
休言皇帝皆骄子，但看晚清羞鬼神。
今游胜地铭遗事，圆梦强国跨巨龙。

①圆明园：是清代大型皇家园林，有“万园之园”之称。

游天津五大道

五大道上沐欧风，十里洋场证前荣。
国中之国皆墨吏，法外租界洋人横。
今作文街传国粹，昔为烟巷羞津门。
琼楼易主歌盛世，古地重游跨胜龙。

赞石家庄

燕赵古都千年昌，是城非庄万里光。
漫步正定谒大佛，放眼石桥仙步长[①]。
平原作战赖地道，华北抗日倚太行。
今日强国再鼓征，石城创业谱华章。

赞太原

五千文明映古镇，四塞要冲拱帝京。
周柏隋槐今犹在，唐碑宋殿耀祠庭[②]。
李氏龙兴肇斯地，王族郡望始乔公[③]。
千里煤海兴广域，三晋大地万象新。

---

①仙步长：指八仙之一张果老倒骑毛驴过赵州桥的典故。

②祠庭：即太原晋祠。

③乔公：即王氏始祖姬晋，字子乔。郡望太原。

游雁门关[1]

石级挥汗登雄关，西风漫道忆马田。
曾经汉将[2]扫强胡，更有宋帅[3]斗雁山。
除倭八路今更勇，抗日军民锁狼烟。
华夏有幸多良将，神州无恙赖群贤。

游王家大院

晋商大院[4]数百春，民间故宫证前荣。
六堡楼阁醉望眼，五巷雕艺荡古风。
深山藏宝非本意，战火避险堪高明。
人非物是成遗景，富泽桑梓跨胜龙。

游呼和浩特

强胡骑射犯关，游牧独步草原。
胡汉杀阀尘遮天，百姓倒悬苦无边，昭君[5]息狼烟。

沧桑今已巨变，塞外百花争妍。
青城千村牛羊欢，乳都百里不夜天，盛世喜空前。

---

①雁门关：位于山西忻州市代县，是长城上的重要关隘，以险著称。

②③ 汉将宋帅：指汉将卫青和北宋元帅杨业在雁门关率军御敌。

④大院：指山西省灵石县静升镇王家大院。由静升王氏经明清 300 余年修建而成，包括五巷六堡一条街，总面积 25 万平方米。

⑤昭君：指王昭君出塞和亲。

华东篇

赞济南

名冠九州济南府，座中四联谋大图。
四面荷花三面柳，一城泉水半城湖。
高铁似龙富鲁地，琼楼如云壮大都。
旗引泉城开新宇，业盛故地当惊殊。

游烟台

慕游烟台登仙山，览胜烽燧话当年。
欧榭华丽尽异族，灯塔导航皆洋船。
半岛曾弱无彩事，九州图强有新天。
今日创业铭遗事，明朝圆梦歌宏篇。

赞合肥

江淮首郡久盛名，淝水绕城气象新。
三国狼烟无胜日，九州包公有宏声。
庐州诗月名天下，古都才俊兴皖城。
巢湖寄梦抒广志，科技创新跨巨龙。

游李鸿章[①]故居享堂

名利嗜血斗西风，宦海击舟襄大清。
洋务谋私损华夏，权臣行政轻民生。
捭阖不知作良相，皓首方悔罪黎民。
残年弹杖长落泪，百年暴尸天道真。

赞上海

走马观光心难平，移步换景满眼春。
街市熙攘红胜火，楼阁连云醉苍穹。
四海巨轮兴浦水，五洲银鹏富申城。
盛世商都惊广宇，东方明珠跨巨龙。

登东方明珠[②]

欲穷千里岂非难？跃上明珠观仙山。
塔转览胜醉双目，疑是霄宫入尘寰。

---

①李鸿章：晚清重臣。受命组建淮军，镇压太平天国运动，参与洋务，倡建海军，但因其代表清政府签订了一系列不平等条约，加之个人贪腐、决策失误等问题，也招致诸多批评。

②东方明珠：即上海广播电视塔，高 468 米，塔顶是观光揽胜的旋转塔楼。

游周庄[①]

雨织烟景名九州，镇纳活财骑黛楼。
乌蓬载客赏丽景，竹轩邀朋品珍馐。
双桥似虹人流连，二舫如龙画中游。
廊上品茗听昆曲，屋下击水稳行舟[②]。

赞南京

仲谋[③]迁都兴金陵，贡院[④]半壁人文新。
屠城有恨驱倭鬼，杀敌无畏歌英雄。
而今摩楼连天宇，胜景再造跨巨龙。
钟山有情迎远客，古城无处不春风。

赞夫子庙

慕名览胜游孔庙，漫步学宫人气高。
四殿落成圆春梦，五经修葺实可骄。
曾经贡院半天下[⑤]，而今兴商争舜尧。
德配斯地昭日月，文冠古今展风骚。

---

①周庄：始建于 1086 年，是位于江苏昆山市、吴江和上海市的江南名镇。

② 脚下行舟：指轿从前厅进，舟从屋下过的周庄一景。

③仲谋：即孙权，字仲谋。

④贡院：指位于南京市秦淮区的江南贡院，它是中国历史上规模最大、影响最广的科举考场。始建于南宋乾道四年（1168 年）。

⑤贡院半天下：指从南京贡院考出的状元曾占全国状元人数的一半，意为文化中枢。

瞻梅园新村[①]

黑云压城摧金陵，梅园妙筹斗逆龙。
栈道明修蒙特敌，陈仓暗度赖周公。
谈判艰辛因讹诈，无功而返斥妖风。
今游胜地铭总理，勋功昭世励后昆。

再游苏州

漫步胜地逛古城，借杖来收姑苏风。
园林奇绝多锦绣，山川滴翠总是春。
沧浪池榭鱼引客，狮子林泉鸟诱人。
更喜改革富越地，人间天堂跨巨龙。

游扬州

瘦湖名高结伴游，广陵街上柳腰柔。
幽巷品玉觅瑰宝，运河醉酒卧琼楼。
湖小装天个何美[②]，桥犷迷人柳拂头。
试问烟雨谁最美，扬州风月冠九州。

---

①梅园新村：位于南京市玄武区汉府街，1946 年 5 月—1947 年 3 月，以周恩来为首的中共代表团曾在此办公和居住。

②个何美：指个园、何园景秀醉人，湖指园内瘦西湖，桥指五亭桥。

赞杭州

名震华夏满城芳，我乘春风游天堂。
漫步十景西湖美[①]，荡舟千湖[②]醉画廊。
放眼钱塘潮震宇[③]，侧耳灵隐佛声长[④]。
临安有情邀远客，胜地无处不飘香。

游蒋介石旧居

闲步武陵斗西风，举目蒋宅[⑤]势乃弘。
细观盐铺纳众财，漫品镐房藏逆龙。
业盛专横罪华夏，年衰望乡泪归魂。
庭院小憩思遗事，枭雄孤岛缘欺民。

赞南昌

南昌业丕名华东，起义枪响震苍穹。
霞鹜齐飞镜湖美，璋谅击舟[⑥]争大明。
今登巍阁览胜地，遍地英雄腾巨龙。
洪都寄梦铭先烈，盛世强国再登峰。

---

①②③④ 为杭州风景名胜。

⑤蒋宅：位于浙江奉化溪口镇，包括丰镐房、小洋房、玉泰盐铺。为清代建筑，1929 年蒋氏扩建。

⑥璋谅击舟：指朱元璋和陈友谅大战鄱阳湖，决战以朱元璋的完全胜利而告终。

赞福州

三山[①]临海谋高筹，五口通商兴福州。
海洋世界[②]醉望眼，街坊琳琅[③]存古幽。
云顶[④]漫观瀑震谷，闽江[⑤]览胜客击舟。
马尾船殇[⑥]励侪辈，榕城圆梦登层楼。

华中篇

赞武汉

两江[⑦]汇流富三镇[⑧]，九省通衢万象新。
龟蛇对唱歌胜地，黄鹤恋楚缘义城[⑨]。
曾惊中山废帝制，更叹天使灭瘟神。
江城擂鼓再创业，华夏圆梦展鹏程。

---

①三山：福州别称。

②③④⑤ 均为福州名胜。

⑥马尾船殇：指 1884 年 8 月 23 日福建水师遭遇法国舰队突袭失败。

⑦ 两江：指长江和汉水。

⑧三镇：指武昌、汉口、汉阳。

⑨义城：指孙中山领导的辛亥革命首先在武汉爆发，推翻两千多年封建帝制，建立中华民国。

游恩施

龙山驱车奔恩施，览胜翠谷迎朝曦。
天造峻岭醉望眼，地设异缝叹景奇。
驰目独柱擎天宇，漫步茶田富含硒。
回眸荆楚多丽景，土苗风光总相宜。

赞开封

丹霞映照龙亭楼，上河盛景帝王州。
八朝古都振华夏，千年汴梁竞风流。
包拯断案兴日月，拗相变法缓国忧。
今日中原逢盛世，明朝圆梦挥方遒。

谒包公[①]祠

色正芒寒镇江山，忠君报国堪大贤。
放粮陈州解民苦，孝敬嫂娘名赤县。
宁为黎黔拍案起，不惧国戚轻皇权。
休言三铡无龙血，且看九州有青天。

①包公：（999年—1062年7月3日），本名包拯，字希仁，合肥人，北宋名臣，铁面无私，廉洁公正，素有“包青天”之称。

游洛阳

洛阳风光实堪夸，神都遍地牡丹花。
双堂巍峨昭日月，君山滴翠富名茶。
石窟连珠龙门秀，古城锦绣帝王家。
应天门外何故美？白马寺里问老衲。

南阳行

桃月沐春下南阳，乘风逐浪访名乡。
卧龙茅庐谒诸葛，陶朱故邑拜贤良。
张衡睿智测地动，仲景悬壶济世长。
白水行舟千山秀，独山放眼万里光。

赞长沙

星城无畏唱大风，唯楚有材振苍穹。
左帅征疆收失地，曾翁灭洪襄大清。
除蒋灭倭彭帅勇，辟地开天崇毛公。
湘江浪高兴伟业，强国圆梦赖群雄。

游里耶古镇[①]

里耶发掘震三山，古井藏简卌万片。
史牍精篆铭官档，乘法口诀惊大天。
曾为兵营无俗客，今游胜地有鸿篇。
驰目乌龙皆丽景，信步古镇赛桃园。

华南篇

赞广州

穗城四季景缤纷，游客五史品美淳。
蛮腰[②]楚楚引骚客，黄花[③]朵朵祭英雄。
天堂购物名华夏，羊城漫步醉春风。
乾坤再造歌头雁，改开[④]兴邦跨巨龙。

---

①里耶古镇：位于湖南省龙山县，6000 多年前，里耶镇一带就有人类居住。2002 年，在一古井内挖出 37400 余枚秦简，震惊中外。

②蛮腰：广州电视塔，高 600 米，高度为中国第一，世界第三。

③黄花：暗指黄花岗。

④改开：即改革开放。

夜游广州塔

九州大地谁为高，珠江柳岸小蛮腰。
夜来多少风骚客，魂醉倩影乐陶陶。

重游黄埔军校

黎黔倒悬聚华英，长州演武铸军魂。
建校国共初心壮，北伐师生唱大风。
黉门有幸育将帅，神州无辜添枭雄。
同室操戈蒋辱祖，华夏重生毛成龙。

游深圳

偏安一隅交红运，势震九州跨巨龙。
试看渔港红胜火，遍地英雄兴鹏城。
摩天琼楼拔地起，深圳速度惊苍穹。
伟业熏天赖国策，改开富国铭群雄。

游珠海

百岛连珠兴水城，三面环海接澳门。
游径花繁鸟语脆，观瀑银落笑声频。
目驰琼楼耸天宇，心随彩云追银鹏[①]。
虹桥飞架连三岛，滨城雄起腾双龙。

赞南宁

邕江锦绣览八景，罗峰晓霞万象新。
青坡觅新夸花州，杨镇怀古叹宋明。
马退坡上歌盛世，龙虎山里醉春风。
业兴东盟连广宇，人旺水乡再登峰。

赞香港回归

红旗招展送落日，国歌嘹亮迎华章。
一中永泰千古秀，两制同盛万里光。

赞澳门回归

葡军侵岛欺南天，妈港殖民无欢颜。
百年奇耻恨晚清，两制回归歌锤镰。

---

①观银鹏：指专程去珠海观航空表演，令人耳目一新。

游三亚

机飞宝岛抵椰城，蕉雨洗尘满眼春。
碧峰五指迷游客，观音三面[①]镇蛟龙。
亚湾探海珊瑚美，琼崖励志娘子军。
盛世宝岛创伟业，海南无处不春风。

西南篇

赞成都

锦官城[②]里金秋，琼林、鲜花、高楼。
灯火辉煌车如流，夜市缤纷柳拂头。人在画中游。

蓉城人杰地灵，苏轼、朱德、小平。
时代精英兴乾坤，天地再造建勋功。蜀地多俊龙。

---

①观音三面：指三亚一体三面南海观音尊容站像，高 108 米。
②锦官城、蓉城：均指成都。

谒邓公故居有感

峨眉乘兴奔广安，驱车览胜谒邓园。
宅迎神笔腾紫气，院藏仙砚通龙山。
七林茂盛荫祖宅，三沉宦海敬希贤[①]。
铁树开花启好运，复出改革跨巨龙。

游泸州

乘船长江画中游，枕浪一梦谋高筹。
漫步古街风光美，老窖淳香登层楼。

登天梯

挥汗十里不畏难，登梯千级见佛龛。
丹鼎映日惊双目，天师遗迹耀尘寰。

---

①希贤：即邓希贤，是邓小平幼时曾用名。改开即改革开放。

游刘氏庄园有感

乱世军阀出豪门，大邑刘氏多明星。
为帅三军霸天府，名播九州费世评。
庄园豪华浸民血，文彩暴尸[①]落骂名。
人间自古存天道，德亏岂能跨胜龙。

赞重庆

茶花映日煌，陪都四邑强。
红岩精神烈，抗日增荣光。
天门迎贵客，麻辣满城香。
离川分省治，山城世代昌。

游朝天门[②]

壁立三面传涛声，襟带两江富天门。
官商入渝非此津，圣旨到岸跪谢恩。
而今古渡换新貌，游艇览胜满眼春。
驰目虹桥连锦绣，陪都新生跨巨龙。

---

①文彩暴尸：指四川大地主刘文彩残害百姓，贪贿豪夺。1949 年 10 月在双流县病死。1958 年，刘文彩的坟墓被一群年轻人掘开。

②朝天门：古代时，皇帝的圣旨需要太监亲自带到当地去宣读，于是朝天门就成了迎接皇帝圣旨的地方。因为古代称皇帝为天子，所以得名朝天门。

赞昆明

金马碧鸡抱古城，高原滇池名苍穹。
才游太和迷双眼，又览世博惊三魂。
飞瀑竹海迎远客，石林溶洞游画屏。
世外桃园风光好，何须域外觅春风。

游大理古城

背倚苍山势非凡，面向洱海景斑斓。
五街览胜商气旺，八巷寻幽民陶然。
古寺兴游叹遗事，段皇恋佛遁空山。
莫道南昭无春色，请看遍地尽彩田。

游西双版纳

鹏飞版纳览名胜，日蒸南国透热风。
昼游黎寨迷双眼，夜观人妖惊三魂。
野象谷里无俗鸟，曼听园中有宏声。
山川秀美展盛世，边城圆梦腾巨龙。

赞贵州

山环水复霞蔚蒸，奇瀑异洞藏峥嵘。
赤水拒虎硝烟烈，遵义换帅跨巨龙。
驰目竹溪游客醉，漫步侗寨沐春风。
更有夜郎非自大，国酒茅香满乾坤。

赞贵阳

乘机黔空行，暮观不夜城。
高楼连山岳，车流胜金龙。
遥闻瀑如雷，近观洞穿峰。
仙境多危地，林城四季新。

游拉萨

山路逶迤车疾行，翌日漫步拉萨城。
布宫巍峨连天阙，廓街繁长满眼春。
大昭寺里有珍宝，罗布林卡无热风。
公主和亲息烽火，汉藏友善昭汗青。

赞川藏公路通车

硝烟将散离华都，卸甲又战筑天路。
两地通车将士勇，三千壮士已作古。
英雄无泪功盖天，冻土有幸埋忠骨。
寒原新貌思遗事，天堑通途血泪铺。

游腾冲[①]

机飞三江风光特，城连两国边疆热。
古镇物华人熙攘，商贸发达翡翠多。
曾恨倭鬼祸黎黔，更叹英雄振山河。
漫步界道翻心浪，唯有国强才泰和。

东北篇

颂沈阳

一朝发祥地[②]，两代帝王基[③]。
父子[④]叹张氏，命运悲壮凄。
九州开新宇，百业创伟迹。
驰目览胜景，游客多惊奇。

---

①腾冲：云南省辖县级市，由保山市代管。是通向南亚重要门户。

②发祥地：指清朝最初的都城是沈阳。

③帝王基：是清初两代帝王发祥基地。

④父子：指张作霖、张学良父子。

游大帅府[①]

日寇计炸皇姑屯，枭雄喋血立断魂。
生前驱倭怕招鬼，死后雪恨赖汉卿。
西安事变惊日月，少帅欠谋悔终身。
青史有秤论功过，张府无光留前荣。

游沈阳故宫

三军驰骋战盛京，两代帝王兴故宫。
百鸟朝凤托帝气，八王勤政创大清。
慨叹皇城殿阁美，人非物是惠黎民。
古为今用作博院，游仙接踵气象新。

游伪满皇宫[②]

末代皇帝枉自强，甘为倭鬼做儿皇。
汉奸好当名声臭，梦断寒原添国殇。

---

①大帅府：位于辽宁沈阳，是民国军阀张作霖官邸。

②伪满皇宫：位于吉林长春，1932 年 4 月 3 日伪满皇帝溥仪迁居于此，成为“满洲国执政府”，俗称“皇宫”。

颂长春

冰雪桃源，北国名城。
东北抗联，血战东瀛。
开国创业，腾飞黄龙。
今逢盛世，永葆长春。

游大连

畅游名胜似作梦，星海广场醉春风。
音泉随风舞丽曲，石虎邀客品星辰。
金岸①迷眼千帆竞，海洋世界②胜龙宫。
故地重游惊巨变，世外桃园再登峰。

游北极村③

漠河畅游赏国界，雪村神奇游客乐。
昼揽名胜赞雪景，夜观极光④叹银泻。
异域风情醉双目，白夜奇观⑤暗明月。
盛世边城风光美，龙江圆梦擘伟业。

---

①② 为大连名胜。

③ 北极村：位于黑龙江漠河市北极镇，素有“金鸡之冠”的美誉。

⑤ 白夜奇观：北极村的夏季白天通常长达 17 小时以上，而冬季刚好相反，是北极村的一大特色。

赞哈尔滨

江北冰雕十里明，天街疑落醉鬼神。
远眺琼楼连广域，漫步央街气象新。
阳岛迷人游客醉，雪原驰目景升平。
盛世龙江再创业，东方巴黎[①]震苍穹。

游松花江

九天来水眩目光，百舸争流松花江。
涛声依旧换日月，民富国强震碧苍。

①东方巴黎：哈尔滨繁花似锦，素有欧亚大陆明珠、东方小巴黎之称。

西北篇

赞兰州

丝路重镇赞金城，坐中四联陆中心。
一河穿城景两岸，群桥飞架媲彩虹。
白塔邀月绘晚景，铁桥安澜九曲平。
水车转日迎远客，瓜果丰盈四季新。
百合道地盛华夏，玫瑰质优香乾坤。
读者文醒四海客，拉面香引五洲人。
摩楼林立连广域，车龙川流灯火明。
地铁东西通百里，秀峰南北舞双龙。
文明适居宜创业，冬暖夏凉赛金盆。
盛世寄梦求一是，敢叫兰州变东京。

兰州八景

五泉飞瀑

汉将挥鞭越千载，飞瀑五眼息泉台。
我劝龙王重抖擞，赓续地脉活水来。

兰山烟雨

烟雨朦胧锁层峦，楼阁恢宏秀山湾。
风光旖旎醉心目，游客入景画中仙。

白塔层峦

层峦滴翠灯火明，白塔凌云炫夜空。
铁桥安澜塔影醉，疑是天宫落凡尘。

梨园花光

清明梨园映天阙，白浪翻滚满树雪。
一川玉蝶春风醉，十里香浪游客乐。

古刹晨钟

鸡鸣三声惊华梦，晨钟十里醒凡尘。
人生鼎沸春来早，大地复苏万象新。

河楼远眺

黄河穿城景两岸，河楼远眺醉三山。
丝路东西连锦绣，城郭南北不夜天。

虹桥春涨

握桥飞架雷坛河，紫燕翻飞气象和。
曾为水涨报春讯，慕名览胜游客多。

莲池夜月

秋高碧池铺红莲，荷塘月色生紫烟。
出水芙蓉织妙景，花香四溢醉人间。

黄河风情

赞黄河风情线

金城大河流，两岸琼楼百花稠。
谁把外滩[1]移金城，忒美，风光旖旎似豆蔻。

昔日望兰州，满眼污水不到头。
而今古城换天地，凝眸，黄河皮筏赛飞舟。

黄河泛舟

国庆泛舟长河，览胜满眼春色。
两岸展画卷，风景乐翻客。
不错，不错，明年再来呼我。

赞黄河母亲雕塑

九曲安澜西湖平，黄河母亲名烁金。
三维绝伦冠天下，八方游客待日红。
母慈传神懿名远，童真清纯醉春风。
景秀百里雕塑美，名播九州跨胜龙。

①外滩：指上海外滩。

黄河皮筏游

白塔耸立镇群山，九曲奔腾桥安澜。
城穿黄河水，筏游仙客醉。

览胜随波流，满目皆琼楼。
客惊正踌躇，林深鸣鹧鸪。

赞中山铁桥

雄关河畔，虹桥卧柳岸。
天堑三载变通途，屈指百年华诞。

风光无限斑斓，醉倒老少游仙。
伟哉名贯华夏，唯我铁桥中山。

九州台遐想

夏君治水百流开，金城遗迹九州台。
禹王分鼎安天下，黄河穿城锦绣来。

金城胜景

赞金城

金盆宝地绣金边，古城除霾天湛蓝。
白塔滴翠披锦绣，三台重光聚群贤。
莲花盈池五泉美，铁桥安澜荡客船。
丝路振兴圆春梦，陇原雄起再扬帆。

兰州老街

街巷高古追宋风，楼阁林立势恢宏。
市井熙攘财气旺，官衙肃穆步旧尘。
小桥流水景引路，柳岸商铺客盈门。
俨然汴京上河貌，慨叹金城也繁荣。

赞兰州地铁

东西贯通疾如风，南北正点赛蛟龙。
放眼车体弧线美，信步车站满眼春。
喜乘地铁赴桃乡，弹指安宁逛新城。
盛世筑路百姓乐，金城圆梦万象新。

赞兰州牛肉面

百锤千揉面劲道，抻拉弹跳展风骚。
银丝千尺堪龙须，珍馐一碗性价高。
休言常食或伤胃，且看老少身健骄。
实惠百姓成玉馔，风靡五洲醉舜尧。

游鲁土司衙门

衙门雄壮土司兴，军政司法成一统。
当年鲁家军，骁勇名京城。

脱欢肇伟业[①]，赐姓[②]跨胜龙。
因功爵三品，坐镇小故宫。

---

①脱欢：连城鲁土司衙门一世土司。

②赐姓：三世土司失伽随驾征战有功，明成祖朱棣赐姓为鲁，从此开始称为鲁土司。

赞兰州战役

南山巍峨如墙，碉堡林立似钢。
喋血冲锋遭顽敌，马匪凶残将士亡。
三山战犹强。

雄师重整旗鼓，彭总横刀沙场。
攻山夺堡暗日月，军号嘹亮灭蒋邦。
金城红旗扬。

家乡情怀

赞家乡

祥云佛光罩青川，丹霞丽水景斑斓。
花绕桑田农家乐，鼓舞太原夺桂冠。
福地善民春来早，玫旺果繁富路宽。
名播三陇古镇美，香传九州胜桃园。

家乡新貌

树绕村庄，鱼满池塘。
沐东风，花间徜徉。
农家温馨，院藏春光。
有玖花红，梨花白，菊花黄。

才赏花房，又进庭堂。
砚田乐，墨飘香。
酒酣乘兴，又奔广场。
正少年跳，青年舞，老年狂。

赞苦水玫瑰

达摩赠玫乃宪翁[①]，数株洇殖桑梓红。
夏始花仙舒广袖，目驰山川满眼春。
心随芳枝摇倩影，地飘淳香醉三魂。
苦水玫瑰名天下，荣登地标跨胜龙。

---

①乃宪翁：即王乃宪。清道光年间的苦水秀才，赴西安科试未第，返乡时将达摩庵和尚赠送的数株玫瑰带回家乡试种成功。现甘青各地均有栽植。

赞苦水梨花[①]

福地陶陶梨树多，香雪滚滚似云波。
且看繁花弯枝头，游客醉目不忍摸。
四月览胜芳菲始，一川白蝶映天阙。
驰目宝地清明秀，梨园花光醉山河。

又赞苦水梨花

花如雪，满树白蝶游客乐。
众客乐，香浪滔天，羞花闭月。

倩影摇枝芳心结，花香四溢醉魂魄。
壮魂魄，万家致富，再创伟业。

赞苦水社火

二龙戏珠抢彩头，双狮纳福滚绣球。
悬空铁芯惊看客，连天高跷齐云楼。
鞭打春牛耕胜日，鼓舞太平震九州。
洪武长鼓擂百世，凝心创业挥方遒。

---

①苦水梨花：苦水梨树种植已有五百余年，数量多、品质优。每当清明时节，遍川梨花盛开，登高观望犹如雪海，十分壮观。

家乡巨变

昔日沙尘蔽日月，鸡飞狗跳，万物萧折。
人间生灵如刀割。

如今群林拒黄尘，碧树参天，青草满坡。
山清水秀气象和。

陇上名胜

再游刘家峡

龙腾长谷坝安澜，高峡镜湖荡客船。
红崖侧畔千帆竞，石山前头百花鲜。
壁立千仞疑巫峡，峰入双目知陇山。
电站恢宏腾伟业，陇上圆梦换新天。

再游嘉峪关

河西走廊门户，丝路古道雄关。
遥想当年征战地，旌旗猎猎兵满川。
思乡多苦颜。

沙场今变新都，到处国泰民安。
钢花[①]堪比春花艳，新城屹立戈壁滩。
名震祁连山。

谒高台西路红军纪念馆

狼烟百尺偏西风，红军三千斗古城。
试看将军气吞虎，扼腕战士血染峰。
泪洒高台惊日月，梦断戈壁泣鬼神。
雄师西征千秋烈，精神昭世万代吟。

①钢花：指酒钢公司炼钢时溅起的火花。此指酒钢业盛托起了一座城市。

游永泰龟城[①]

关隘筑龟城，铁马镇边塞。
挥戈驰骋驱鞑虏，千里保安泰。

兵营失雄魂，满眼尽残台。
斜阳枯树荒连天，犹忆岳大帅。

顺观东风航天城

沙海茫茫嵌绿城，铁塔巍巍名烁金。
曾升卫星惊世界，又爆核弹镇群雄。
更喜东风慑西宇，舟驰银河万里新。
创业圆梦歌胜地，华夏强国再跨龙。

①永泰龟城：位于甘肃省景泰县境内，修筑于明万历三十六年（1608 年），城形如龟。清朝岳钟琪将军曾镇守此城。

游武威雷台[①]

漫步凉州雷台，醉目铜车仪仗。
上殿下冢藏日月，道窄井深大厅堂。
疑是西凉王。

汉墓今逢盛世，文保周到敞亮。
地宫见日越千载，马踏飞燕阅沧桑。
盛世万里光。

大美青海

赞青海

高原空灵多名胜，江河系出齐老峰。
三绝[②]冠世兴塔寺，万亩菜花醉金风。
群禽戏水归鸟岛，盐湖高产济苍生。
大美青海再擂鼓，盛世创业跨巨龙。

---

①雷台：雷台为前凉国王张茂所筑灵钧台。雷台下发现一处东汉晚期大型砖石墓。其中最为著名的是铜奔马。

②三绝：指塔尔寺壁画、堆秀、酥油花。

西宁颂

海藏咽喉古西羌，唐蕃重镇满城芳。
东关漫步寺恢宏，西山放眼琼林长。
日月山美醉圣湖，塔尔寺兴富佛乡。
牧笛悠扬洗尘耳，古城创业奏乐章。

游门源

高原胜日游客长，塞上门源好风光。
忽如一夜金风来，且看千村菜花黄。
顽童追蝶泥身远，靓女拍照换丽妆。
欣愉旷野皆美景，惬见祁连遍地香。

游青海湖

圣湖壮美醉蓝天，高原寻梦景斑斓。
禽飞蔽日绘丽景，鱼跃凌波窥尘烟。
驰目西岭千秋雪，漫步鸟岛万众欢。
瑶池风光迎远客，盛世扬帆绘彩田。

西域风光

赞新疆

花海绿州地飘香，靓女秀玉赛天堂。
琼瓜葡萄连广漠，楼兰高昌遗迹黄。
油龙腾飞兴华夏，牛羊成群富边疆。
今日西域千里美，遍地春风万里光。

赞乌鲁木齐

卷帘览古都，朦胧满城雾。
遐想新城哈模样，心中苦无助。

云散旭日红，乌市貌楚楚。
楼高车拥繁似锦，游客皆惊慕。

游吐鲁番

天山仙尊惠风长，火州光足瓜果香。
坎井水甜富盆地，民族和谐庆小康。

逛喀什

边陲万象新，六国连一城[①]。
喀什风光美，塞外小深圳。

游伊宁城

曾悯宁古多冤魂，今睹边城尽春风。
修渠授艺颂少穆[②]，和亲睦边赞伊人[③]。
三区革命开新宇，百年伊犁跨胜龙。
目驰西域千里美，车览塞外万象新。

---

①六国连一城：喀什与巴基斯坦、阿富汗和苏联原四个加盟共和国比邻而居。
②少穆：即林则徐，发配伊宁时修渠授艺，教化百姓。
③伊人：指张骞又使西域时，细君、解忧两公主远嫁乌孙王和亲宁边。乌孙即现在的新疆阿克苏地区。

塞上江南

赞宁夏

九曲黄河富宁夏，千里平原景如花。
岩画锦绣藏日月，影城大片传奇葩。
凤凰落川[①]西夏盛，贺兰驱车灭胡娃。
放眼琼楼连广域，塞上江南醉万家。

西夏王陵抒怀

元昊逆袭开新天，大夏兴盛传经年。
风雨遂愿百姓乐，祸起萧墙三宫乱。
国祚无常换天地，荒漠有幸起龙坛。
王陵不语西风烈，斜阳照台势如山。

①川：即银川，又叫凤凰城。

长安胜迹

赞西安

长安八水绕古城，帝都十朝兴黄龙。
秦汉中枢无赤地，隋唐龙廷有宏声。
陶俑地府十万甲，事变国共双惊魂。
昨日名胜连广域，今朝西京万象新。

游西安古城墙

古都有福赖君贤，长安无虞凭雄关。
且看城头马蹄疾，更有箭楼收狼烟。
御寇铜墙金汤固，荷城兵勇敌胆寒。
笑傲江湖越千古，铁壁雄伟屹万年。

游西安碑林[①]

碑刻三千铸华章，石勒百经青史扬。
秦汉篆隶耀日月，晋唐真草飘墨香。
气凝铁笔风起舞，意存玉书龙飞翔。
骚客遗迹千古秀，华夏国粹万代昌。

游乾陵

乾陵遥望仙女形，石峰林深藏帝魂。
紫袍加身女为帝，皇权旁落男作臣。
政经卓著玉身贪，荐主归流[②]狄阁功。
青碑无字胜有字，则天功过昭汗青。

①西安碑林：为保护唐文宗《开成石经》114 通 65.252 万字碑刻而建于北宋元祐五年（1090 年），碑石近 3000 方。

②荐主归流：指武皇暮年，狄仁杰谏武皇归政于李唐。

第七辑 净地感怀

三皇五帝

赞盘古[1]王

盘古创世劈地天，身化万物开新元。
双目似电化日月，四肢为脊成龙山。
圣血变水江河涌，森草缘发绿尘寰。
人祖千古佑我族，华夏万代赓宏篇。

颂燧皇[2]

电闪雷劈存火种，击石钻木放光明。
饮血茹毛哓伤胃，刀耕火种始健身。
猎物烹煮除腥臭，架火驱兽御寒冬。
火德龙恩兴华族，燧皇伟业耀苍穹。

谒天水伏羲庙

青帝一画开万世，祖龙八卦阴阳奇。
渔猎婚姻讲哲学，结绳辨音肇中医。
化生万物济苍黎，神察天地晓玄机。
师表四海睦外族，德统九州崇伏羲[3]。

---

①盘古：世间第一人形之神，开天辟地，身化万物。

②燧皇：燧人氏，有巢氏之子，生伏羲氏、女娲氏。他钻木取火结束了远古人类茹毛饮血的历史，被后世尊为“火祖”。列为三皇之首，其故里在河南商丘。

③伏羲：华夏民族人文先始，三皇之一，与女娲同为福佑社稷之神祇。

潼关谒娲皇[1]

风流绝代歌娲皇，抟土造人龙脉长。
炼石补漏修天穹，烧灰堵缝退汪洋。
慈目丹心救世苦，人首蛇身呈瑞相。
社稷正神耀日月，菊德昭世永流芳。

谒黄帝陵

黄陵桥山忆轩皇，勋功威灵振苍桑。
内肃炎帝胜阪泉，外剪蚩尤和边疆。
耕耘五谷安天下，创制六书执大纲。
血泪铺就文明路，岱宗封禅国祚长。

颂炎帝

耒耜源自猪拱地，耕耘启于鸟掉籽。
易市观童缶换箭，品叶辨毒茶为始。
团陶为器火煮虫，制麻做衣防寒耻。
向阳筑宅避风雨，更肇文明传万世。

---

①娲皇：中国上古神话中的创世女神。传说“补天救世，抟土造人”是娲皇最大功绩。

四大佛教胜地

谒普陀山

苍龙卧海[①]化仙山，南海佛国菩萨欢[②]。
持香礼佛诚千里，弹冠寻梦拜三禅[③]。
观音净瓶收香火，信众如愿慰心寰。
洗心梵池沾灵气，轻装创业效群贤。

谒峨眉山

策杖峨眉步云天，皮猴袭客岩道寒。
梵音绕耳临金顶，红日当头笑满山。
八方信众谒佛祖，四面普贤[④]迎散仙。
驰目群峰游客醉，漫步胜景不知还。

又谒五台山

晨雨润物净尘埃，信众弹冠谒五台。
群燕绕塔腾紫气，道场兴盛文殊开。
梵音袅袅肃尘耳，游客徐徐敬佛来。
有求云集五爷庙，无事漫步探僧宅。

---

①普陀山形似苍龙卧海。

②菩萨欢：指观音路经普陀山时，被这里美丽风光所吸引而放弃去日本，留此普度众生，现留有遗迹。

③三禅：指三大禅寺。

④四面普贤：指峨眉山金顶一体四面普贤尊容法像。

谒九华山

一路风尘谒仙山，九子芙蓉[①]势连天。
王子[②]宏愿空地狱，大德肉身坐佛坛[③]。
贝叶[④]有声肃幽谷，菩提[⑤]无语醒尘凡。
更有华章[⑥]引骚客，翘首以学敬大贤。

四大道教胜地

谒武当山

仙山福地久盛名，宋殿明阁武功雄[⑦]。
导川禹迹[⑧]无虚妄，内家天师[⑨]有宏声。
威灵金顶腾紫气，丽景太和[⑩]醉鬼神。
天门云生接足底，游客览胜步春风。

---

①九子芙蓉：指九华山的九大高峰。
②王子：指金乔觉王子
③肉身坐佛坛：指大德高僧坐化后肉身不腐供于佛龛。
④贝叶：古印度把佛经写在树叶上，称贝叶经，此处泛指佛经。
⑤菩提：指百岁殿前菩提古树。
⑥华章：指李白、王阳明曾在九华山写诗作赋，如《九华山赋》等。
⑦宋殿明阁武功：此三件为武当山的镇山三宝。
⑧导川禹迹：指大禹导水至武当山时留下的遗迹。
⑨内家天师：指张三丰传道有方，精练太极出神入化。
⑩太和：即武当山。

游齐云山[①]

策杖江南谒仙山，放眼金殿震尘寰。
八仙降霖甘河镇，重阳际遇得金丹[②]。
三娘[③]高筹为山祖，四儿悟道兴紫烟。
碧峰滴翠皆丽景，胜日寻芳不知还。

游龙虎山[④]

石道策杖谒祖山，南张北孔[⑤]竞千年。
百峰俊秀卧龙虎，一江渔歌醉游仙。
天师炼丹春秋盛，危崖悬棺[⑥]惊尘寰。
玄机暗藏叹奥妙，红尘道法归自然。

---

①齐云山：位于安徽省黄山市休宁县，为江南道教第一名山。

②道祖王重阳在甘河镇偶遇汉钟离和吕洞宾得授金丹口诀修道三年，后招全真七子为徒。

③三娘：即六三娘，为齐云山道教开山祖师，生子四人皆学仙悟道。

④龙虎山：位于江西省鹰潭市，传说天师张道陵在此炼九天神丹“丹成而龙虎现”，山因此得名。

⑤南张北孔：南张是指天师张道陵，北孔是指孔子。

⑥危崖悬棺：指葬于悬崖洞中的棺椁。

游青城山有感

青城毓秀冠九州，碧峰如画一眼收。
百丈长桥[①]通幽景，千尺飞泉[②]溅宏楼，
天师遗鼎[③]曾炼药，黄精为丹[④]壮春秋。
策杖老君品幻境，驰目紫霞可忘忧。

陇上道教名山

重游崆峒山

驱车道源[⑤]谒仙山，西接六盘望长安。
黄帝问道惠黎众，我辈信步仰圣贤。
三教和睦无私仇，九宫相生有洞天。
华山论剑飞虹勇，崆峒武功傲中原。

---

①② 是青城十景之二。

③天师：即在青城山创立道教的东汉张道陵。

④黄精：百合科黄精属多年生草本。

⑤道源：崆峒派是传统中国武术流派之一，早于少林、峨眉、武当，是道教文化的重要部分。第一代掌门人是甘肃人飞虹子。

瞻仰两当登真洞[①]

灵官峡口赏碧峰，登真洞里谒真神。
修成金骨张果老，倒骑毛驴济苍穹。
古地重游无旧貌，镜峰捧日有宏声。
且看小康兴古道，两当创业唱大风。

四大名窟

再谒莫高窟

沙海小石窟，世界大瑰宝。
溢彩流光逢盛世，如来安然笑。

曾憾佛蒙尘，今喜飞天俏。
华夏精英修残图，梵宫尽舜尧。

谒云冈石窟

五周神工种善果，危崖巧夺梵世界。
壁画绝伦惊广宇，法像传神醉游客。
弥勒常笑无忧虑，如来招手有祥和。
石窟连珠佛指路，瑰宝夺目铭心窝。

①登真洞：位于两当县城东南的灵官峡，传说为八仙之一张果老修行之地。

谒龙门石窟

伊河两岸佛万千，碧崖百丈石窟连。
栖云藏月腾紫气，魏骨唐风荡香山。

谒麦积山石窟

霞似彩练落陇山，窟如麦垛景斑斓。
佛像庄重无俗目，梵宫精美有洞天。
客览胜景云绕足，栈悬半空胆生寒。
屹立千秋容颜老，文保万载传永年。

名人祠庙

谒三孔

母子相依祈好运，周游列国图新生。
私学无类育贤才，儒教有方振乾坤。
自强效天君行健，敢为人师帝王尊。
三孔[①]伟立昭日月，万代师表名苍穹。

---

①三孔：指孔府、孔庙、孔林。

谒岳王庙[1]

怒发冲冠御金兵，大捷令返毁鹏程。
金牌无情[2]断宋脉，寒亭有冤[3]泣岳神。
忠臣报国昭天宇，奸佞害良耻后昆。
但愿武穆重抖擞，情激晚生跨巨龙。

谒武侯祠

茅庐未出国三分，慕名已久谒卧龙。
左文右武拜帝相，前兄后弟桃园情。
北伐七出诸葛重，东征一炬刘备轻。
君臣协力创伟业，日月同辉昭汗青。

谒乐山大佛

凌云乐山佛，巍巍观世界。
众生求富贵，弥勒笑口乐。

---

①岳王庙：位于杭州市栖霞岭南麓。

③金牌无情：指宋高宗赵构受秦桧挑唆，在岳飞连获大胜时，连发十二道金牌令其返回，停止抗金。

③寒亭有冤：寒亭即风波亭。指秦桧以莫须有的罪名构陷岳飞，使其被斩风波亭。

佛教名寺

又谒灵隐寺

秀峰形胜抱古寺，石崖弥勒笑尘地。
泉流梵音醒俗谷，风带经声肃戾气。
古刹厚重无凡才，人间扬善有道济[①]。
弹冠一新谒佛祖，慕游千里祈盛世。

谒炳灵寺

高峡晓渡出镜湖，轻舟赴岸谒宝窟。
寺临黄河观百舸，佛座莲台安九曲。
兼融东西雕塑美，友连汉藏气象和。
试问驼队欲何往？东出陇山奔京都。

谒塔尔寺[②]

藏殿层落势恢宏，古刹三宝耀苍穹。
酥油花美壁画绝，堆绣精湛唐卡精。
匍徒十万何言苦，经桶三圈天地新。
佛前燃灯照明路，苦尽甘来冀新生。

---

①道济：名李修缘，号道济，后人尊称“济公活佛”。

②塔尔寺：位于青海省西宁市外28公里的湟中县。明洪武十二年（1379年）兴建。壁画、堆绣、酥油花为该寺三绝。

礼赞马蹄寺[①]

才游马场赞山丹，又见危阁挂前川。
登梯百级谒石窟，礼佛千尊游客欢。
皇帝赐物惊双目，神马留印升九天。
丝路创业富万里，祁连集秀兴一山。

谒拉卜楞寺

弹冠礼佛步履轻，古刹览胜气象新。
寺庙梵声醒广域，圣地法泉洗凡尘。
佛院兴教无戾气，帝王赐物有鸿恩。
慢品珍宝三万越，普度众生六万经。

谒奉化雪窦寺[②]有感

武门含瑞谒仙山，宋皇应梦传新篇。
弥勒道场红胜火，巨佛遗袋收尘烟。
净地讽蒋无德业，华夏归民有道天。
盛世寻芳思遗事，抑恶扬善歌大贤。

---

①马蹄寺：位于甘肃省肃南县，集石窟艺术、祁连山风光和藏族风情于一体的旅游区。始建于北凉，因传说中天马饮水落有马蹄印而得名。
②雪窦寺：位于浙江省宁波市奉化区溪口镇西北。巨佛指塑于山腰的巨型弥勒佛像。雪窦寺是弥勒佛道场。雪窦山素有“海上蓬莱、陆上天台”之美誉。

游大雁塔[①]

玄奘礼佛无杂尘，西天取经有宏声。
因书建塔藏日月，挑灯译经泣鬼神。
且听梵音犹在耳，至今大德励后昆。
业昭华夏名寰宇，功助安邦耀苍穹。

拜寒山寺

城外步疾访名寺，窗含西岭风光异。
夜宿张继[②]诗名远，姑苏高僧[③]连中日。

谒法门寺[④]

唐宋皇院传大义，宝塔身残故修葺。
地宫见日现瑰宝，环球惊贺舍利子。
高庙重置无俗客，众生普度有佛指。
勤劳智慧感先民，建塔藏珍泽后世。

---

①大雁塔：位于西安市南的大慈恩寺内。唐永徽三年（652年），玄奘法师为保存由天竺国取回长安的经卷佛像而主持修建了大雁塔，最初五层，后加盖九层。其后层数和高度又有数次变更，最后固定为现在看到的七层塔身。

②夜宿张继：指唐代诗人张继夜宿该寺所作名诗《枫桥夜泊》。

③高僧：指寒山子，寒山寺因他而得名。其师弟拾得后东渡日本弘法并建有“拾得寺”。

④法门寺：位于陕西省宝鸡市，原为唐宋皇家寺庙，因供奉佛祖释迦牟尼佛指骨而成为举世闻名的佛教圣地。

谒张掖大佛寺[1]

卧佛安详睡千年，法相庄严晓九天。
寺藏三宝[2]赓正觉，塔迎万众肃尘烟。
且看沙僧早课疾，欣听方丈诵经篇。
盛世河西迎远客，圆梦创业赖俊贤。

赞武威文庙[3]

五凉崇文气象新，陇右学宫名烁金。
大殿四翘托红日，金匾两廊证前荣。
如今扉闭已百纪[4]，疑闻状元可启门。
但愿玉帝重抖擞，早日破格降贤能。

谒猪驮山[5]

度猪驮砖修古刹，清初大德醒万家。
僧道一山共日月，母子同宫登佛塔。
和尚无畏扬正气，高僧有德坐莲花。
且看西山佛招手，但愿尘世和无崖。

---

①张掖大佛寺：皇室敕建寺院，又名卧佛寺，始建于西夏崇宗永安元年（1098年）。

②三宝：指大佛寺内有全国最大的西夏大佛殿、室内木胎卧佛和最完整的初刻印本《永乐北藏》。

③威武文庙：文庙由儒学院、孔庙、文昌宫三部分组成。始建于明正统二至四年（1437—1439年），后经明清重修扩建，成为陇右学宫之冠。

④百纪：一纪十二年，百纪泛指很多年。据传文庙四百年未曾开启中门，理由是未出状元。

⑤猪驮山：位于永登县苦水镇，因境内李佛度猪驮砖修建西山寺而得名。

颂李佛①

断指兴菩提，行善走天下。
大德处世似道济，抑恶助贫傻。

功满升莲台，帝惊敕华夏。
渗金佛祖香火旺，身后贤名大。

谒兰州石佛沟灵岩禅寺

慕名石佛驱车行，白云生处耸伟屏。
青山抱寺香火旺，金殿炫目映凡尘。
侧目香客祈富贵，休言迷信缺灵魂。
信仰自由遵民意，团结兴国跨巨龙。

红城大佛寺②

汉筑红城彩凤山，兵驻允衙卫长安。
弘治敕建大佛寺，朱棣赐姓褒鲁贤。
佛光普惠连汉藏，晨钟长鸣醒尘寰。
兴旺六纪无冷灶，鼎盛三朝有热天。

---

①李佛：原名李福，俗称疯癫和尚，永登苦水人，康熙年间抑恶扬善之大德高僧，据传被康熙帝称为渗金佛祖。

②红城大佛寺：红城始建于汉宣帝神爵二年（公元前60年），大佛寺为明弘治五年（1492年）开始敕建。1963年，该寺被甘肃省人民政府公布为省级文保单位。

心韵集

第八辑

异域风情

游日本东京

东京观光金秋行，释怨览胜杂味陈。
驱车怪坡攀富士，漫步上野观花樱。
偶过柳巷羞赧目，闲逛神社藐鬼魂。
侵华寒心警遗事，情迁白塔镇妖风。

游浅草、招提寺有感

浅草引客名东瀛，塔楼触目遗唐风。
天皇受戒尊老衲[①]，信众崇拜迷鉴真。
高僧有情非善果，军国无德祸祖龙[②]。
净地漫步鉴遗事，扶桑应晓和永生。

东京温泉浴有感

憾游皇宫墙遮殿，闲逛银座价惊天。
舟车追日笑步疾，乘兴解乏泡温泉。
身轻浴汤重抖擞，梦醒南柯筹新篇。
白水可除千年垢，苍天何解军国贪？

①老衲：指鉴真（688 年—763 年），唐朝僧人，日本佛教律宗创始人。曾从张家港六渡日本弘扬佛法，763 年 6 月 6 日圆寂日本招提寺。在日本地位崇高，为中日两国文化交流作出卓越贡献。属国宝级人物，连天皇受戒必邀鉴真操持。
②祖龙：此指中国。

游拉斯韦加斯

戈壁绿洲灯火明，拉市[①]偏安赌城新。
骰具有口吞金钱，赌博无常泣鬼神。
弹指囊鼓为富豪，瞬间赤贫身无银。
陋邑无本成宝地，博彩有功富漠城。

游夏威夷群岛[②]

鹏飞深洋览群岛，景迷游仙岂折腰。
鸠占雀巢非彩事，日袭珍港遭灭妖[③]。
慨谒逸仙兴中会[④]，更闻华侨梓谊高。
今怀先贤铭遗事，情激后昆争舜尧。

---

①拉斯韦加斯市的主要经济支柱是博彩业。
②夏威夷群岛：是北太平洋夏威夷群岛中的最大岛，美国夏威夷的一部分。
③遭灭妖：指二战时日军偷袭珍珠港，美国向日本宣战并投掷原子弹。
④兴中会：指孙中山先生在夏威夷成立兴中会。

游加拿大

遥闻滚雷震三山，近观狂澜落九天。
瀑①宽千尺成丽景，虹悬长空醉游仙。
兴游罗马逛城堡②，猎奇长廊③笑尘寰。
加国虽大非胜地，北极酷寒少人烟。

游仁川、临津阁

踏波赏月驰客船，整装迎旭登仁川。
曾恨美帝祸半岛，更钦雄师卫家园。
临阁驰目互为邻，扬帆逐利德应先。
山水相连无异日，和平共处有青天。

游越南巴拿悬桥

才游河内叹蹊跷，又见玉带缠山腰。
巨臂撑起富裕梦，佛手轻托彩虹桥。
天堑车驰开胜途，百姓创业干劲高。
曾经路断人烟寡，而今道通别贫窑。

---

①瀑：指加美交接处的尼亚加拉大瀑布。

②城堡：多伦多市名胜古迹。

③长廊：又称央街，全长1896公里，直通北极。

游上下龙湾[①]

山海朦胧多游仙，舟帆逐浪逛龙湾。
放眼水天共一色，偶遇禽猴祈三餐。
两峰对峙成丽景，孤柱危立势擎天。
锦绣南海风光美，客荡陋船笑声甜。

游新加坡

一岛一城为一国，新天新地新加坡。
经贸立国腾小龙，法制严苛文明多。
鱼狮添秀侨城美，华商兴业实堪歌。
文化多元共月日，民族团结气象和。

游圣陶沙[②]

碧海琼岛金光洒，乘船畅游圣陶沙。
水秀招客富斯地，山青引蝶兴兰花。
飞舟冲浪玩心跳，情侣浴沙忘还家。
椰雨绵长风光美，蕉风婆娑暖天涯。

---

①上下龙湾：上龙湾位于越南宁平省陆龙湾。距河内 100 公里。下龙湾位于广宁省下龙市，山海秀丽，景色酷似桂林山水，是世界七大自然奇观之一。
②圣淘沙：新加坡南部岛屿，面积为 3.47 平方千米。

游马来西亚

棕树槿花透热风，芭蕉杧果香古城。
运河舟繁富广域，寺庙客满为拜神。
购物首选吉隆坡①，看楼莫非相府群②。
政教合一君宪治，大马逐浪腾小龙。

游云顶、马六甲

马来高原异域光，云顶③财盛大赌场。
林海隐楼缆车疾，博彩迷心神鬼殇。
乘兴再游马六甲④，三宝遗风济世长。
东西门户忌浪骇，长峡逐波各图强。

---

①吉隆坡：马来西亚首都和最大城市，外国游客居世界前十，世界图书之都。
②相府群：指首相官邸。
③云顶：指云顶世界，位于马来西亚云顶高原的综合娱乐场所，缆车为世界最快，亚洲最长。
④马六甲：指马六甲州的首府马六甲市。明代航海家郑和（三宝太监）七下西洋五次驻节马六甲，使之成为贸易中心，遗迹众多。

泰国游

碧海蓝天惠风畅，皇宫金庙赛天堂。
猎奇必去普吉岛[①]，礼佛还是郑庙[②]强。
人妖艳舞勾春梦，蛇象表演惊断肠。
南洋丽景引远客，泰国风情醉碧苍。

泰国泛舟湄公河

水连五国称公河，景布两岸名胜多。
碧峰葱茏遮望眼，舟楫穿梭涌恶波。
毒枭造孽金三角，佛国惊魂现九魔。
天理难容毙匪首，英灵稍安贵为和。

游柬埔寨首都金边

情游王国遨蓝天，机飞域外落金边。
漫步皇宫赞亲王[③]，放眼吴哥[④]叹仙山。
庙宇斑驳多异景，塔抱菩提绝尘寰。
车外旷野少肥稻，佛国百姓盼长安。

---

①普吉岛：是泰国境内唯一受封为省级地位的岛屿。人口 175 万，海上明珠，旅游胜地。

②郑庙：即郑成功庙。

③亲王：指西哈努克亲王。

④吴哥：柬埔寨国宝，世界最大的庙宇建筑群，为世界文化遗产。

第九辑

风雨人生

六十风雨

大雪喜逢花甲日[①]，六十风雨今朝齐。
孩提饥肠无余粮，年少求学有佳绩。
黉门业就登杏坛，柳树园丁五年期。
街道勤政民意重，城管事繁马蹄疾。
环卫公务执牛耳，市容换颜今胜昔。
农牧水利一肩挑[②]，迁村改水[③]两脚泥。
食为政首转农研，科技推广迎朝曦。
日月兼程卌一年，家国在胸万事吉。
敢问归休欲何往？试效霞客走东西。

忆童趣

淡饭果腹岂非难，梦萦儿时有余欢。
横眉扬鞭木猴疾，童步汗驰滚铁环。
挥棒麦场崇圣猴，大闹霄宫尘满天。
作业草就假期到，交差窃喜过师关。

---

①大雪喜迎花甲日：指农历十一月十二日大雪节气喜逢自己生日，感慨良多，故拟诗简历人生，是为纪念。

②一肩挑：指机构改革时，城关区把农牧局、水利局、新农办三家整合为农业水务局，我出任首任局长。

③迁村改水：指城关区石沟村、马家沟村、头营村三村在新农村建设中实施的整村搬迁工程和南北两山上水改造工程。

少年乐

困月难挨榆槐餐，娇女一半因嘴甜。
频举弹弓收惊鸟，窃吃瓜果骂声连。
田埂逗蛐割猪草，泥里打仗浴水泉。
情游旧梦捡遗事，皓首知足笑满天。

求学之路

小学

垂髫[①]上学嫌夜长，披星雀跃奔学堂。
捡柴生火手脸黑，土台为桌对寒窗。
儒子秉烛夜读书，顽童逃学昼翻墙。
雏燕将飞遇师表[②]，春风化雨学业彰。

---

①垂髫：指儿童。

②师表：指施助善校长，他教学严谨，深受学生喜爱。

初中

求知有恒忝班首，取暖无炭煤作舟。
脚踏星光为炉火，手捧热书争上游。
寒窗佳绩遇师表，石案乒乓少忧愁。
立志仅为弃农途，勤学更望登层楼。

高中

黉门负笈对寒窗，学海泛舟忝班长。
勤工荷锄为会战，俭学地埂当课堂。
喜遇师尊[①]爱学子，虽逢“文革”学未荒。
发愤高考冀坦途，金榜题名擘华章。

师范塑魂

雁塔题名进兰师，校园幽静泉水漪。
程门汗驰勤学早，书山觅宝马步疾。
剖析汉语明规律，探讨国学求真知。
学成登台效师表，情系子衿自奋蹄。

①师尊：指苦水农中周承武老师。他是我高中时的班主任。他治学严谨，教学有方，工作勤奋，为人和蔼。他退而不休，在地方志、谱牒学等方面颇有造诣，闻名遐迩。俞河声老师，我的语文老师，文学诗词讲解引人入胜，语言功底深厚，使我受益颇多，后调入西北师大任教。

农大[①]深造

勤学程门进科班，深耕园艺开新天。
晦涩枯燥费破题，深钻细研方扬帆。
学海泛舟无捷径，名师解惑有香山。
高校数载拓思路，擘画三农天地宽。

党校[②]锤炼

党校蓄秀英才约，天命寒窗作同学。
一朝毕业登硕士，三年勤耕成果多。
今别黉门频回首，感恩师生多提携。
立志创业开新域，奋发圆梦效俊杰。

①农大：即甘肃农大。
②党校：即省委党校。

高考

学海备高考，泛舟作书奴。
熬夜常伴鸡鸣，挑灯唯苦读。
终日唐诗宋词，满脑公式定律，汗滴湿双足。
研算破万题，五更还啃书。

咨同学，询老师，追金乌。
温故知新，忘食废寝谋大图。
临场疾笔发挥，蟾宫期望折桂，一心觅金屋。
但愿题金榜，入仕奔华都。

工作足迹

初为人师

寒窗三载登杏台，柳树[①]五年师途开。
执鞭授业雕璞玉，素笔施教启蒙才。
寒星常伴备教案，学子时错纠黑白。
为人师表自严谨，春风化雨冀未来。

①柳树：指我在永登县柳树乡任教5年。

街道历练

街道理政勤为先，城管貌新贵扬帆。
济困危难无怨气，送炭寒舍有余欢。
兴办一市[①]结硕果，振兴三产绘彩田。
基层历练经风雨，事业稳健步新天[②]。

环卫担纲[③]

首善环卫责非轻，严整市容貌换新。
改革出彩涌活力，大雪封城见真功。
除冰千车畅道路，奖金百万长精神。
情倾街巷结硕果，肩挑日月步春风。

---

①兴办一市：指1991年负责兴办正宁路市场并取得了良好经济效益。

②步新天：指1991年起我负责街道三产、企业得到好评并兼任了兰州教学仪器厂厂长。翌年又被提拔为白银路街道办事处副主任。

③环卫担纲：指我在环卫局工作12年间，进行了机构重组、竞争上岗、提高机械化作业水平、生产模式更新等一系列改革，被城关区委区政府主要领导肯定："为城管环卫事业作出了杰出贡献"。为此，我先后获得省市区三级劳动模范、兰州市优秀公务员，优秀共产党员等称号。大雪封城时因成绩突出，省长徐守盛亲带百万慰问金予以奖励。

执掌农水

农水责重寝难安，造墅要地先削山。
喜建三村[①]别陋室，水越两山[②]换新颜。
更织网监[③]查菜品，心系餐桌除农残。
食为政首无小事，情牵百姓有余欢。

农科履新

农为国本重如山，食为政首绘彩田。
技推[④]桑田富广域，智扶乡村开新天。
论文系出试验地，成果源于品高端。
试问丰产谁助力？但看农研众群贤。

---

①喜建三村：指为彻底解决地质灾害实施的三合一三村搬迁工程，城关区政府投资近五亿元，我为该工程的总指挥。

②水越两山：作为农水局长，我积极争取国家省市区资金三千多万元，投资改造南北两山水利提灌工程，彻底解决了用水紧张的问题。

③更织网监：指区政府投资一千多万元在全省首开农产品监督网络，在各大市场、商场均设有质检点。

④技推：我负责兰州市农业科技研究推广业务工作，于 2015 年 12 月被聘为高级农艺师，2017 年 1 月被市政府聘为兰州市领军人才。

人大代表[1]

人大责重关国本，善作代表襄民生。
调研社情口慎语，视察公务步生风。
建言一府无小事，督察两院有律行。
丹心为民忠国事，守法行政跨胜龙。

军营履职[2]

少慕军营有潇洒，壮入沙场无鲜花。
且看高炮射天宇，更有演训补玉瑕。
戎装威武自严谨，平战结合适交叉。
祖国召唤应有我，满腔热血报国家。

---

①代表：指我历任三届市、区两级人大代表并获得了优秀人大代表称号。

②2004 年 10 月起，我任中国人民解放军甘肃陆军预备役高炮师防化营中校教导员，党委书记 7 年有余。2010 年 8 月改任该师上校军官。

荣获省市劳模[①]

礼堂炫目歌如雷，劳模披红赴盛会。
健步红毯重抖擞，身披绶带非自贵。
创业有功缘盛世，衣宽无悔因党伟。
省长叙谈人心暖，老骥奋蹄再作为。

乔迁之路

四合院

丙寅商调进首府，乐业城管勤公务。
创业敢挑千斤担，处世能吃万般苦。
穷居闹市寒舍暖，出入兰林赛别墅。
婚居福地逐事顺，儿男降生岂思蜀。

①2008年起我连续荣获省市区三级劳动模范，受到了省委、省政府主要领导的亲切接见。翌年，省市工会邀请我参加了学劳模迎五一庆祝活动，会前喜走红地毯是这次活动的亮点。

喜住楼

金猴引瑞农民巷，红楼乔居纳吉祥。
业丕街道事如意，龙徙新宅[①]再添香。
子题雁塔全家乐，鹏飞沪城万里光。
福居宝地铭先绪，缘结高邻家道昌。

复式楼

时逢奥运临华盖，乔迁辰北好运来。
福居两层勤泼墨，笔耕三载乐砚台。

登摩楼

花甲添喜再挪窝，惜别高邻心情特。
南北通透琼楼美，东西顾盼景象和。
窗迎黄河纳金水，门对青山福自多。
大厦恢宏无俗气，小区温馨有贤哲。

---

①龙徙新宅：指龙年（2000 年）又迁大雁滩政府家属院。

第十辑 红尘哲思

人生感悟

黄金定律

负笈求学人非贱，行善积德路更宽。
守田易耨不挨饿，交友慎察防祸端。
处世虚怀求一是，为人和气辩群言。
人生无常善作首，初心有恒必青天。

处事密钥

懒惰致败世途窄，傲慢坏事唯有才。
久利之事恐陷阱，是非之地宜躲开。
勿以小怨忘人恩，切记行善福自来。
出言有尺口留德，嬉戏过度业必衰。
利益共享弃独念，祕情不宣锁深宅。
处世有方守密钥，为人无私舞龙台。

爱财有道

人生本是一场空，寿寝不带半分铜。
君子爱财有正途，小人贪婪无福根。
仁德处世钱为奴，孝悌齐家步春风。
以贤为鉴觅坦途，歪门邪道终归零。

围城

酒多失态无君贤，色重刮骨寿难全。
财不护亲父子仇，气大伤肝亲情寒。
强极则辱慧忌过，情深折寿懒必残。
酒色财气无贵贱，跳出围城有青天。

时事感怀

碧绿左公柳，挺拔中天杨。
无奈叶落诉凄荒。
曾经风姿绰约，今却脱霓裳。

物序没作乱，褪鳞省能量。
岁月复始常丽妆。
要忍孤独，要忍严寒凉。
冬去春风又起，大地复飘香。

世态

虎落平阳遭犬嫌，运走低谷人靠边。
直面冷嘲笑尔痴，当众热讽讥脑瘫。
马瘦毛长亲朋少，身穷和寡心胆寒。
势利小雀安广宇？振翅大鹏志青天。

字理

汉字奇妙藏坤泰，富含哲理济吾侪。
可大可小尚拔尖，能文能武乃斌才。
上下看淡无卡口，屈伸自如引福来。
仓颉造字重形意，神州文化傲玄台[①]。

禅意

淡饭粗茶有真味，精打细算生活累。
人到无求品自高，腹有诗书气生辉。
每临大事凭静气，常观好书理不亏。
悟道何必梅岭下，红尘便处可修为。

①玄台：指玉帝的藏书楼。

免疫力

御病有方赖免疫，养身无欲叹神奇。
多菜少肉适运动，按摩推拿深呼吸。
淡饭七分睡眠足，粗茶四季迎朝曦。
为有欢愉绳日月，敢叫寿越百年期。

小满遐想

人生犹如蝉娟，成败古来难全，
若赢七八心可安。
那来十分美，时事变万千。

小满即是圆满，何必事事争先。
知足快乐活神仙。
劝君迈信步，创业有新天。

茶酒悟道

茶咏

品槚为饮感神农[①]，陆羽[②]辨味著茶经。
曾居深山无人知，先民广植有大名。
喜看千山茶田秀，遍地茗香醉苍穹。
碧叶共与清风煮，养生切记玉壶春。

茶禅

四规[③]清雅气自爽，五境[④]和谐室飘香。
紫壶百春引仙客，禅茶一味品沧桑。
啜茗养神扶正气，煮雪悟道寿自长。
人生如茶无久淳，处世怀德有吉祥。

---

①神农：即农皇炎帝。
②陆羽：即茶神陆羽。
③四规：指饮茶时要做到和、敬、清、寂。
④五境：指茶叶、茶汤、茶具、火候和环境。

慎酒

九州佳酿岂无由，五谷精华一壶收。
酒海行舟贵有度，茶屋欢伯[①]忌过头。
雅士豪饮能壮怀，醉汉浅酌鬼见愁。
笑洺杜康添巧力，健体乐业壮春秋。

戒酒

李白豪饮诗百篇，醉鬼浅酌家难安。
狂言骇众三秋记，恶语伤人六月寒。
借酒生事无宁日，作恶败风有众嫌。
劝尔绝酒猛回首，免裔蒙羞骂九泉。

①欢伯：古时称酒为欢伯。

—心韵集—

第十一辑

朝花夕拾

春韵

喜雨

好雨知时轻弹窗，老翁卷帘喜欲狂。
天公作美山染绿，春回大地树换装。
紫燕翻飞剪胜景，耕牛鞭春农家忙。
遥闻甜歌频入耳，驰目靓女邀春光。

和春

暖风徐吹大地醒，柔柳婀娜舞河东。
嫩芽翘嘴尝甜雨，秀枝扭腰醉春风。
腾腾河流绕翠岸，绵绵沙滩犬追童。
更有紫燕剪胜景，大地花开万象新。

闹春

冬已至，玉蝶飞舞芳华逝。
芳华逝，山如腊象，原驰万里。

炮迎春风闹婚喜，山村小院贺连理。
贺连理，白头偕老，永结伉俪。

观鸥

百年铁桥巍峨，黄河孤岛涌波。
放眼沙鸥真多。
呼友观景，莫教春光蹉跎。

踏春

碧桃盛开踏春去，紫燕翻飞觅胜迹。
金岸幽堤景相宜，群禽戏，
驰目伊人阁中倚。

香引游客无倦意，览胜未必芳草地。
河谷潺潺风光异，众人喜，
暮归欢愉长相忆。

沐春

蓝天白云暖风畅，白塔山巅沐斜阳。
驰目金城皆丽景，满眼春色醉心房。

秋香

恋秋

鹰击苍穹，万类霜天竞自由。
翻飞俯冲，狡兔敏鼠一网收。
唯羖恋青，响鞭驱云羊倌愁。
暮云坠空，愁见人畜雨淋头。

赏秋

萧瑟秋风扫落叶，残阳红如血。
雁阵追日竞南飞，草黄风疾洞中鸟兽乐。

漫步西楼赏秋景，花凋菊独醒。
更有丹枫映群峰，层林尽染山河一片红。

粉桃醉人

情动陶令踏秋山，意牵刘郎访碧园。
硕头粉面压枝垂，览胜迟暮醉游仙。
寿果爽口列瑶席，墨客吟诗逐开颜。
高歌一曲赞盛世，桃乡十里不夜天。

莫误金秋

世人都说春光好，轻视金秋。
莫误金秋，硕果累累富九州。

春华秋实各芬芳，似水风流。
丹枫风流，漫山红遍醉方遒。

冬景

惊雪

昨夜萦梦柔，风吹柳梢头。
推窗惊寒鸟，雪压满城楼。

回家过年

北风劲吹，草木枯萎，大地冬养绿减退。
年似金，游子归。

夫妻同车耳发聩，摩托呼啸虎发威。
人，正在回，心，早已飞。

赞花中四君子

梅

身临严冬偏向寒，暗香涌动傲霜天。
风骨一绽江山秀，花开万朵景斑斓。

兰

惠兰素身隐芳华，野岸昂首迎朝霞。
冰心高洁透雅气，花香幽长醉万家。

竹

翠身挺拔志云霄，虚心常怀气节高。
胸中有爱惠大众，品洁无私展风骚。

菊

独立寒秋斗霜艳，唯我寿客景斑斓。
芳姿婀娜无骄气，满园春色有新天。

赞文房四宝

笔

指点江山判荣衰，挥毫丹青锦绣来。
意注宝管兴日月，擘画宏图任我裁。

墨

松烟碳灰炼乌身，脸黑心正书红尘。
挥毫丹青展风骨，成玄留香跨胜龙。

纸

蔡侯[①]纤纸功震天，韦编三绝成昔年。
玉版留香昭日月，楮英载史辩忠奸。[②]

---

①蔡侯：即蔡伦。

②玉版和楮英：纸的别称。

砚

深居野岭石无情，巧匠天工砚有魂。
池小装天翻香浪，墨侯[①]载道跨巨龙。

赞文房四艺

琴

音里悲欢心中辨，弦上风情巧手弹。
琴奏妙曲身心醉，弓拉绝唱心浪翻。
高山流水觅知音，阳关三叠诉忠奸。
情景交融称里手，阳春白雪醉群贤。

棋

楚汉狼烟咋又起，方寸鏖战风雷疾。
象守田园稳廓外，仕保老帅固城池。
策马冲关踏小卒，驱车夺帅畏炮师。
棋盘虽小藏大道，输赢看淡两相宜。

①墨侯：砚的别称。

书

书载汗青赖高筹，纸传文脉贯春秋。
绝唱史记耀日月，墨宝兰亭醉风流。
刺股立著醒尘世，偷光览卷金玉收。
闻鸡起舞续万字，赓史传道兴九州。

画

意在笔先谋大天，墨泼玉版势非凡。
花香鸟语出袖底，山色湖光生笔端。
虚实结合留空白，浓淡交错绘彩田。
钤印点睛增异彩，闲章添韵景斑斓。

触事感怀

贺师尊承武周君八十寿诞

寿翁健世今不缺，唯公耄耋尚勤学。
浩卷不厌灯下览，案头常临纸上帖。
昼耕砚田翻新浪，夜修家谱赓史牒。
恩师励志不服老，杖朝乐奏夕阳歌。

罢豪宴

红厅肥席炫目光，诚心待客香满堂。
茅台如水伤贵客，珍馐似草变苷汤。
酒酣喧天驱宝马，舞厅邀女醉步长。
劝君惜福罢豪宴，一桌能省十年粮。

陇原骄子

狼狈勾结犯国疆，蛮象搅局阴谋黄。
雷霆息怒赞陇子，英雄捐躯骨含香。
劝尔收戈莫覆辙，唯有和处各图强。
枪炮无眼黎民苦，中华有义共碧苍。

利剑斩魔

胆大妄为敢坑农，利欲熏心变蛀虫。
猫鼠勾结通暗曲，法纪难伸伪逞凶。
千顷良田赝肥毁，万家衣食尔断根。
制假坑农危害烈，利剑斩魔保民生。

盛世奋进

神州大地，江山锦绣，伟业辉煌。
看大江南北，莺歌燕舞；长城内外，翠地流芳。
邦交五洲，业盛四海，改革开放奔小康。
新时代，九州共翩跹，民富国强。

祖国如此辉煌，赖党政国策世无双。
忆反腐倡廉，肃正朝纲；精准扶贫，振兴村乡。
众志成城，奋发创新，喜开盛世国祚昌。
瞻未来，高奏圆梦曲，再谱华章。

赞建党百年盛会

百面红旗迎风展，七一盛会势震天。
方阵巧布赛航母，习君掌舵行大船。
人民高歌共产党，领袖擘画强赤县。
试看巨龙腾新宇，华夏圆梦绘彩田。

汶川地震

惊悉川北逢黑日，地震[①]裂空人赴西。
楼塌房陷震寰宇，村毁河断神鬼凄。
领袖莅临灾区暖，神州驰援马蹄疾。
汶川不倒再创业，人民新生创奇迹。

畅游海南

长空翱翔下海南，俯瞰大地撼心寰。
群峰连绵腾细浪，高楼栉比似泥丸。
白驹过隙逾万水，银鹏弹指越千山。
腾云半日至海角，漫步天崖访龙坛。

闲话台

闲聚村头品绯闻，听风是雨乐无穷。
天南地北侃世界，家长里短话乡情。
三五成群赌牛九，四六观棋斗输赢。
忽闻狗咬孙肠外，狂奔家中寻顽童。

---

①汶川地震：2008 年 5 月 12 日下午 2 时 28 分 04 秒，在四川省汶川县发生了里氏 8.0MS 的特大地震，共造成 69227 人死亡，17923 人失踪，374643 人受伤。

书房偶感

似睡非醒朦胧间，蜗居书屋度时闲。
邀朋对弈品棋局，挥毫临帖访古贤。
燕旋窗外剪胜景，霞染天边绘彩田。
风光旖旎情何释？陋室品茗乐寿年。

岁杪舒怀

黄历见底惊回首，虎兔交班君莫愁。
冬至始觉春已近，寒到极限暖自流。
且看冠毒归乙类，百业复兴暖九州。
矍铄精神再鼓劲，老骥奋蹄登层楼。

第十二辑 人生抒怀

家和事兴

家宜和

自古家和万事兴，唯有耕读解寒门。
婆宽媳容薪火旺，父慈子孝总是春。
风雨共担争先手，日月同行衍家声。
治国犹如烹鲜味，理家还须有心人。

赠老妻

执手圆梦践初衷，红尘乐业共争春。
勤俭持家无怨语，儿孙似玉有头功。
喜牌善厨人称道，敦宗睦族家道兴。
前世姻缘百年短，今生夫妻跨寿龙。

自娱诗（藏头诗）

王者怀远谦礼让，兴家立业铸辉煌。
田禾丰稔多胜举，万里鹏程纳吉祥。
事半功倍勤为首，如意人生竞自强。
意气风发圆春梦，大展宏图铸华章。

贺新郎[①]

瑞日迎亲图荣昌，吉时合卺喜满堂。
凤合一家天作美，莲开并蒂地生香。
贵客盈厅夸佳偶，邵乐绕梁贺新郎。
双飞比翼竞事业，举案齐眉纳嘉祥。

喜得孙

吉宅纳福百事安，福猪引凤全家欢。
啼声洪亮震庭宇，孙女迎霞来人间。
笑牵心肝隔辈疼，悦上眉梢尽开颜。
花甲顺遂添瓦喜，来岁抱璋笑百年。

贺孙女[②]周岁（藏头诗）

翊圣赐宝迎彩凤，灵茂双全万事兴。
周公吐哺寄胜意，岁月呈祥跨福龙。
生当拔萃无憾事，日怀远志有鹏程。
快意人生起好步，乐度春秋为华英。

---

①儿子王伟光、儿媳卢欣于2018年正月初八（农历）喜结良缘，拟诗一首以贺之。
②长孙女：2019年8月4日19时28分出生，大名王翊灵，乳名红果，冀孙女茁壮成长，天天向上。

贺仲孙[①]

白发携孙无老态，揽怀亲昵有唇腮。
勤抱千金招人疼，手摇童铃笑口开。
且看欢喜眉上走，更有爷娘乐苦差。
调皮岂敌血浓水，唯盼子孙成良才。

子孙贤

潇洒倜傥欲胜天，荣枯得失随机缘。
天时地利非为贵，人和勤劳方事全。
谨遵国策勇创业，牢记祖训绘彩田。
无药可医退志病，有钱难买子孙贤。

①仲孙：王婉馨、乳名希希，生于2023年2月5日1时37分。盼老二快乐成长，万事如意。

退休感怀

情系山水

红厅喜宴庆花甲，烛光映身醉晚霞。
蛋糕形胜寄厚意，珍馐合口乐开花。
盛世有福感恩党，敬业无悔报国家。
试问归休欲何往？许愿山水走天涯。

邀朋品茶

年逾花甲公事休，莫为宦尘再犯愁。
囊装皓月走四海，杖收浮云游五洲。
暖阳高照步霞客①，邀朋煮雪笑满楼。
寄情山水求一是，乐享太平度百秋。

喜结墨缘

入世经年有青天，出尘半载无宦难。
沧桑路上重结友，墨香案几续前缘。
莫道白头才临帖，但求路正绘彩田。
学艺贵专收红果，判道唯实度寿年。

---

①霞客：指明朝地理学家、旅行家徐霞客。

知足常乐

退休寡欲唯健康，幸福常喝糊涂汤。
遇事潇洒两耳空，饮食清淡一身强。
早起早睡早瞧病，少盐少肉少癫狂。
园中锄月脱金锁，庭前养花冀寿长。

初心不改

往事竞舜尧，红尘乐陶陶。
信步弹杖意未消。
蓦然春华已逝，梦断彩虹桥。

忍看官变魔，更叹朋为妖。
世道无常义难抛。
寸心许国，未改半分毫。

往事如烟（藏头诗）

谦厚做人慕耕读，和睦处世可论乎。
朴雅无华重秋实，诚至金开轻赢输。
回首往事常思过，归休益智必读书。
本尊有意假天年，真道无欺马识途。

同学聚会

欢聚

红厅聚会眼发呆，同窗对视费人猜。
试问鹤发君贵姓？乡音未改是阿财。
学海同舟曾击水，红尘磨人叹毛衰。
今日举杯洒热泪，共祈盛世福自来。

惜别

年少追鹏欲封侯，岁月蹉跎擘卌秋。
梦里论道叹路险，火中取栗岂无由。
莫道人生朝阳短，共竞晚霞福满头。
劝君再饮一杯酒，此去频来水长流。

第十三辑 岁月如歌

节日歌

元旦

岁月复始庆元旦，鞭炮齐鸣开新天。
瑞虎收尾留异彩，敏兔迎春绘彩田。
蓄势寒冬待胜日，擘画业梦再扬帆。
且听新年钟声起，喜迎华夏启宏篇。

腊八

七珍汇锅糖为先，腊八熬粥传千年。
慢火炖豆无须急，香味盈庭有余欢。
慢嚼热粥激清浊，滋养脏腑驱湿寒。
今食珍品壮豪气，明迎新春绘锦田。

春节

爆竹震天辞旧岁，红灯纳福迎新春。
净容整装待红日，驱车回乡步生风。
放眼山川画卷犷，信步老宅气象新。
弹冠拜亲敬桂酒，全家团圆乐无穷。

元宵

锣鼓喧天逐浪高，信步广场闹元宵。
二龙戏珠腾盛世，双狮滚球展风骚。
长鼓震耳引春色，旱船步疾摧尔曹。
新春寄梦抒壮志，乡村振兴竞舜尧。

三八妇女节

雄鸡高歌迎新天，妇女解放行大船。
赶超须眉创盛业，勇立潮头振赤县。
教子相夫无难事，保家卫邦有赞言。
试看木兰多壮志，敢叫华夏傲宇寰。

植树节

烟花三月沐春风，植树九州腾绿龙。
石滩银锄引瑞气，荒坡新苗纳祥云。
平衡生态兴华夏，再造山川胜黄金。
今日种得梧桐树，他年凤来福无穷。

世界读书日

文能载道传国脉，史可镜途好运开。
创业无成缘腹空，开卷有益知兴衰。
借脑生财肇新宇，科教兴邦强国来。
为有读书酬壮志，敢叫华夏舞龙台。

五一劳动节

辟地开天为命生，火种刀耕肇文明。
百年芝城[①]争民主，五月红花献劳工。
敢为人先创伟业，勇立潮头跨巨龙。
人民伟大开盛世，劳动光荣书汗青。

五四青年节

风云五四震环球，德赛二君醒神州。
反帝反封除顽疾，为国为民镇群虬。
且看华夏青年勇，敢叫睡狮跃层楼。
今日圆梦效先辈，强国富民壮春秋。

①芝城：美国芝加哥城。

六一儿童节

少年天真乐学堂，花童烂漫骨含香。
读书尚知兴华夏，创业更为富炎黄。
燃烛祈愿立壮志，圆梦强国做栋梁。
敢问天下谁为主？旭日东升少年强。

端午节

艾草驱邪悬门框，百姓纳福饮雄黄。
龙舟碧波千帆竞，米粽端午万家香。
且听九歌犹在耳，更有离骚豪情长。
忌日引吭赞铁汉，屈原问天期国昌。

全国土地日

国以民贵邦可安，食为政首地当先。
资源有限洛纸贵，百姓无粮垮龙坛。
忽见良田高楼起，敢问奸商何欺天？
善待耕地多涵养，留与子孙胜金山。

七一建党节

锤镰高举征百年，马列为师换新天。
血战九州灭列寇，气壮河山红赤县。
且看建国百业旺，更喜改开行大船。
今日神州再雄起，全民同心铸宏篇。

八一建军节

八一首枪启戎程，三军连营铸长城。
武装工农千百万，战胜倭蒋九州红。
横刀抗美驱恶虎，手握重器慑霸龙。
试问圆梦谁作盾？中华雄师镇苍穹。

教师节

经纶满腹育栋梁，三尺讲台擘华章。
丹心雕玉逐远梦，乌发育才乐鬓霜。
愿与蜡炬成灰烬，甘做人梯冀国昌。
践行初衷无悔药，但求桃李有芳香。

中秋节

皓月九霄照红案，清茶五果拜月仙。
嫦娥舞袖歌盛世，吴刚捧酒敬群贤。
创业华夏今胜昔，造福百姓乐满天。
但求月老成一梦，欢庆台海早团圆。

国庆节

凤凰涅槃换新天，改开兴国富江山。
神舟枭龙展鹏翼，航母核武慑霸权。
高铁九州奔胜路，港澳两制归赤县。
华夏一统再雄起，强国圆梦傲宇寰。

重阳节

日月双开度重阳，江山流丹地飘香。
登高览胜千山秀，驰目神州万里光。
三秋荷花随风老，百菊馨园丽景长。
胜日寻芳寄春梦，山庄邀月思故乡。

节气歌

立春

长河初醒化百冰，大地回暖万象新。
雨洗旧尘换新貌，风带瑞雪晚来晴。
喜观梅开无寒意，乐听鹊鸣有佳音。
三农备耕春来早，一年之计胜于春。

雨水

乍暖还寒雪花飘，北木冬眠意未消。
新芽萌动嫁旧枝，嫩蕾待放期春潮。
天晴人欢精神抖，河开燕鸣景色娇。
风催云雨润万物，牛走阡陌好耕苗。

惊蛰

惊蛰眠物梦醒日，大地草木尚未知。
旷野苍凉亦无奈，青君何故晚来迟。
且听寒鸪秃树鸣，唯有早桃露芳姿。
田走耕农绘胜景，机播肥籽正当时。

春分

春分昼夜两均衡，雨润山川万象新。
桃蕾含羞待怒放，柳枝吐绿舞酥风。
花童旷野逐梦远，老翁蓝天品风筝。
人间芳菲皆乐土，红尘春色满乾坤。

清明

清明时节梨花开，祭奠先人有诚哀。
霏雨带情悼先祖，灰蝶寄梦拜茔台。
春风欢歌迎归雁，草木复荣候鸟来。
欲问百灵思何在？孝子泪痕挂两腮。

谷雨

雨润五谷绿叶长，风吹百花大地香。
肥水灌田壮禾苗，布谷欢歌农家忙。
烟柳舞堤两岸秀，碧桃醉客百鸟翔。
且看农夫耕美景，点豆种瓜好时光。

立夏

夏日初见阳气蒸，芳菲徐来万木荣。
柳絮轻蒙惹童趣，槐花初放引蜂群。
风起麦田翻绿浪，月悬浩空听蛙鸣。
落花融泥增肥力，青果繁枝醉东风。

小满

时令小满热气腾，靓女穿裙夏意浓。
双燕衔泥廊下语，群蛙鼓舌水中鸣。
老翁吼秦震广域，顽童戏犬穿林深。
肥水润田翻银浪，麦穗灌浆待酥风。

芒种

芒种六月热风强，麦田千顷绿变黄。
乳燕低飞窗前语，幼莺学舌老鸪旁。
炎天麦浪锈病起，机喷农药灭虫荒。
但喜旷野呈丰景，端午万家粽子香。

夏至

夏至骄阳似火盖，暑气蒸腾热难捱。
蝉声扰耳嫌日燥，蛙曲催眠春梦来。
昼长夜短云水贵，阳尽阴生防病灾。
我劝龙王顺民意，恩洒甘霖凉尘埃。

小暑

炽烈时节易伤津，饮食偏苦可养神。
摇扇借风除燥气，空调降温爽玉身。
挥汗浴冷忌病起，歇凉莫坐顶头风。
炎天热浪今又是，避暑纳凉盼甘霖。

大暑

热似蒸笼懒出门，未曾活动身淋淋。
男恋空调赧裸体，女爱树荫露短裙。
水里鱼虾避湖底，林中鸟雀少欢声。
欲借芭扇灭暑火，情将清凉还红尘。

立秋

四季轮回节律修，三暑退去今立秋。
微风有情驱酷热，细雨无声洗炎愁。
千家同庆丰收果，万颗归仓喜满楼。
天道酬勤农家乐，金秋鼓舞贺九州。

处暑

昼观百花夜纳凉，杂谷身重日见黄。
蛙蝉哀鸣嫌暑热，枣黍可口南瓜香。
果蔬满街贱伤农，南北贩运效益彰。
五谷丰登祈好景，万家秋实盼瑞祥。

白露

碧草衰败白露凉，寒蝉亮噤换衣裳。
大地增辉琼果繁，瘦菊独艳满城芳。
鸿雁振翅声渐南，青山减翠老叶黄。
莫叹人间苍凉至，饱尝瓜果齿留香。

秋分

阴阳失衡乾坤行，昼夜自此长短分。
晚风徐吹银杏落，晨雨轻洗菊花英。
雁过金秋浮倦意，雷驰长空已残声。
秋高气爽邀雅客，品瓜尝果拜月神。

寒露

重阳登高赏丹枫，寒露封山棉裹身。
芳菊有情邀仙客，残花无力斗金风。
鸟归暖巢少野迹，雁飞南天避严冬。
梅浴寒气渐昂首，枫历霜秋叶更红。

霜降

霜降红尘天渐凉，果浴骄阳倍添香。
叶落融泥岁易老，虫倦暗洞曲难张。
青松笑对暖日短，垂柳苦熬冷月长。
萧瑟秋风今又起，荒草连天衰碧沧。

立冬

亥月立冬天已寒，芳影退去草木残。
老树中空鼠鸟乐，蜡梅初醒露芳颜。
倦鸟失音觅遗食，孤鸦哀鸣向阳天。
劝君恬淡遵时律，早睡晚起保康健。

小雪

玉蝶漫天舞朔风，寒木净身叹叶空。
天地苍茫无秀色，人间萧瑟又严冬。
瘦菊犹残力昂首，丹枫虽盛近黄昏。
蜡梅斗雪挺傲骨，青松历霜更精神。

大雪

玉龙飞舞又大雪，白蝶漫天邀骚客。
老酒一壶全身暖，冰灯十里耀寒月。
狮虎动情觅佳偶，鼠兔畏寒洞中乐。
弹窗瑞雪兆丰年，围炉茶叙擘宏业。

冬至

岁月如梭循律飞，冬至似箭今返回。
昼短夜长当日止，寒天彻地此时威。
红梅傲雪展芳艳，青松斗霜迎朝晖。
更有孝子铭家训，不忘祭祖彩云归。

小寒

玉龙翻飞已小寒，白蝶群舞锁江山。
银装素裹驰腊象，弱阳高照身裹棉。
红梅斗雪无冷意，瘦鸟绕梁觅新天。
试看才俊筹大业，春暖花开擘鸿篇。

大寒

时轮巡回又大寒，朔风刺骨怨连天。
藏耳捂腮眉挂霜，裘衣裹身衣嫌单。
飞禽归巢鸟道绝，走兽栖洞雪封山。
结彩唯有红尘火，张灯只为迎大年。

生肖歌

灵鼠

位列仙班打头阵，巧斗憨牛忝冠军。
长尾尖嘴性机智，走壁飞檐路自通。
更有肥胆敢戏猫，智耍大象赢浮名。
可惜毁物千秋罪，正名还需万代清。

勤牛

曾战大圣夸牛王，无缘沙场暗自伤。
报国何须桑梓地，耕田也能足民粮。
奉献奶肉无所求，只需青草蹄自扬。
心系主人常俯首，情洒人间贤名彰。

猛虎

黄袍加身我为王，铁鞭扫敌本领强。
长啸三声群壑静，威仪八面震碧苍。
狐假虎威宜严管，谋皮与我休自伤。
创业谨记步正道，守廉方能家族昌。

慎兔

身着绒装两耳聪，目辨危情四蹄勤。
备荒尚留窝边草，兴族更知睦友邻。
曾为嫦娥捣仙药，更笑守株待兔人。
一心向善众人爱，三窟保命求永生。

强龙

牛头鹿角势恢宏，长空碧海展雄风。
金殿攀柱吐瑞气，帝王假名贵体尊。
节行二月高昂首，腾飞九天泽红尘。
试看黄龙佑华夏，适播喜雨兴乾坤。

柔蛇

无足匍匐曲中伸，有胆敢创荆棘丛。
曾扮美女乱人道，时咬农夫留恶名。
身惧阳光蛰暗道，气壮吞象羞乾坤。
荣辱泰然缘冷血，功过累身非英雄。

勇马

追风逐月势恢宏，能征惯战扫胡尘。
关羽征战凭赤兔，唐僧取经赖白龙。
更有老马识家途，虽伏槽枥志凌云。
刚强剽悍本龙种，扬鬃奋蹄真英雄。

顺羊

人行百善孝为先，羊跪母乳誉满天。
身洁如玉浑身宝，性善若水恋青山。
漠北流芳伴苏使，江南起石庇黄仙。
五羊衔穗功千古，三牲为尊名万年。

皮猴

走壁飞檐具轻功，举石破栗赢浮名。
有胆袭人惊游客，无虎为王逞英雄。
圣猴曾怒冲霄汉，玉帝封官抚金身。
红尘若变再挥棒，除恶还做斗战神。

恒鸡

羽翎华美抖精神，将军高歌迎光明。
睦族三餐共进退，怀德五更有宏声。
曾经蒙冤以儆猴，疑闻镇邪敢牵魂。
昂首逐风追日月，驱黑迎旭亦英雄。

忠狗

机智安贫性本忠，看家护院亦良臣。
嗅辨危情敢消祸，闪击猎物立断魂。
唯将初心许旧主，甘洒热血轻浮名。
正气一身抛私欲，勇冠三界守家门。

和猪

六畜大哥憨态萌，三牲猪爷俱慧根。
无病无灾少忧愁，有吃有喝多福星。
先祖巡河曾为帅，后裔承泽赓前荣。
我本佛祖门外汉，缘入梵宫赖修身。

心韵集

第十四辑

爱国睦族

饮水思源

清明祭领袖

清明将至，洒泪以祭，领袖巨贤。
看救星毛公，建党立国；元勋周朱，共筑龙坛。
南湖启航，劈波斩浪，浴火重生开宏篇。
看中华，睡狮已觉醒，势震宇寰。

红船重启长征，引华夏儿女再扬帆。
承领袖遗志，振兴九州；改革开放，国泰民安。
友联四海，邦交五洲，百年变局强赤县。
新时代，万众一条心，再换新天。

泪祭先烈

清明缅怀，感恩英雄。
泪洒芳路祭忠魂。
净案供品，弹冠肃容。
敬一壶酒，三炷香，十分诚。

征途万难，浴火重生。
先烈担道泣鬼神。
舍身报国，浩气长存。
创百年基，千秋业，万代尊。

国祭疫殁

丑牛清明举国哀，首祭疫殁示大爱。
降旗含悲悼亡魂，鸣笛裂空动地宰。
染病有恨悔先死，兴邦无缘情何奈。
家国同悲铭疫事，山河为碑期康泰。

敬畏传统

清明溯源

清明缘于介子推，寒食起自君臣对①。
剜肉救主拒封侯，携母隐居甘自毁。
慨念忠臣修高庙，感恩介公功至伟。
忌日禁火始重耳，弘扬忠孝传万岁。

---

①君臣对：春秋时晋文公重耳与随臣介子推就强国富民君臣对话甚欢，后因故流亡。一日君臣又累又饿，介子推暗割腿肉煮汤救君。待晋文公登基封赏时唯遗忘了介子推，推随离去。文公后欲赏之但寻未果，令烧山。介公与母被烧死，并留有遗言。晋文公厚葬母子后在介山建祠纪念，并晓谕全国，每年清明前二日禁火寒食，是为源。

清明祭祖

清明景和气象新，山川换装大地春。
扫墓何惧肠道险，祭祖恐迟步生风。
冥币化蝶感先辈，爆竹空鸣悼亡灵。
先人硕德垂千古，后裔怀孝万代崇。

寒衣节祭祖

四时轮回送寒衣，岁岁如期。
今又如期，祭祖思亲心凄迷。

香袅灰蝶悼亡灵，情贯东西。
横贯东西，悲化巨力创雄绩。

中元节祭祖

月上高楼路祭祖，敬香献茶泪盈目。
愿借清风寄厚意，遥祝先人垂千古。

冬至节祭祖

冬至路祭阳气生，感恩祖德步生风。
光前裕后铭先绪，奋发有为跨胜龙。

春节祭祖

普天同庆迎大年，孝步生风向东山。
情将薄礼敬先辈，铭记祖德开新天。

慎终追远

得姓始祖

乔公[①]德隆肇家声，朝阙飞凫善吹笙。
父治水患意相左[②]，儿脱蟒袍徙龙城[③]。
因爵而王[④]盛天下，凭功柱国屹威名。
先祖龙恩昭宏宇，后昆业丕振苍穹。

①乔公：姬晋，字子乔，王氏始祖。前蜀后主王衍加封乔公为玉宸皇帝。

②太子谏：周灵王太子姬晋，常朝阙飞凫，世人称其为仙吏。他因极力反对皇父以堵水改河道殃及百姓而被贬为庶人。

③徙龙城：指乔公儿子司徒宗敬因故辞官徙居太原。

④因爵而王：世人称司徒宗敬家为王家，是为姓。

鼻祖徙陇[①]

琅琊宗功瓜瓞稠，河汾派衍徙金州[②]。
公拓西域洪武四，德播枝阳名满楼。
开渠灌田丰衣食，筑堡防匪解民忧。
家声丕振开新宇，后裔创业长风流。

功翁爨居

清初爨居[③]图自强，离堡五里耕家昌。
先引渠水旺人畜，再垦大坪黍菽香。
建堡筑墩防匪患，易地育才兴学堂。
耕读十世瓜瓞茂，礼仪三乡贤名彰。

---

①鼻祖徙陇：桂公根发琅琊，兴盛河津。洪武四年（1371 年），因公拓边兼做贸易而徙居金县，后定居平藩苦水堡繁衍生息至今。

②金州：金正大三年（1226 年）置，属临洮路。治所在今甘肃省榆中县小康营。明洪武二年（1369 年）降为金县。

③爨居：指王氏十世祖大功翁于清初迁出苦水堡，移居五里墩（大路村一社）引渠灌田，繁衍生息。

谱成祠竣[1]赞

门迎丽水天降贵，殿倚秀湾地占魁[2]。
四檐飞翘托洪福，两碑矗立招麟瑞。
修牒承风别昭穆，建堂祭祖铭功伟。
祠竣凝族秉遗训，谱成赓脉业生辉。

祖德流芳

悼曾祖父

曾祖[3]德高讳猪爷，怜子鳏居苦爬坡。
勤劳忠厚耕岁月，敦宗睦族赞言多。
茔居宝地子嗣旺，坟迁邓坪赓惠波。
继承祖德开新宇，丕振宏业报家国。

---

①谱成祠竣：指王氏十世祖大功翁后裔家谱在新中国成立初遗失，至今无果。故由十九世孙兴田搜集资料，编辑成谱。并于2021年携族叔知策公等新建家祠，以供后人祭祀。

②地占魁：指祠堂背靠吊岭山，形似狮子滚绣球，民曰风水宝地。

③曾祖：不知大名，人称猪爷，生于1887年（光绪十三年），卒于1929年，享年42岁。祖太去世后，为了儿女少受罪，坚辞不续弦。

悼曾祖母

祖太[①]淑娴诞河口，碧玉成家人忠柔。
生子罹难家有泪，寿寝钱沟眠无忧。
辛丑墓淹惊后辈，筮择吉茔迁新楼。
灵龟驮瑞徙宝地，祭祀祖母麻山头。

悼祖父[②]

祖父好德性刚强，行事果敢仁义长。
肩担重责耕日月，手握薄田期家昌。
耿直公道秉仁义，丹心侠骨俱热肠。
古稀有疾惊噩耗，良医无方肝病亡。
起灵偶遇倾盆雨，下葬喜逢暖头阳。
三迁遗骸归宝地，麻山回龙寝天堂。

①祖太：张氏，出生于西固区河口村。大约生于 1888 年，病逝于生子月间，享年 35 岁左右。生二男一女。辛丑即 2021 年 11 月因钱儿沟金葫阴宅水淹迁葬至麻家山。

②祖父：王育善，生于 1908 年二月初一（农历），卒于 1977 年五月初一（农历），享年 70 岁。

悼祖母[①]

祖母九秩别尘寰，冰泪两腮忆淑贤。
巧手托福子孙旺，莲脚生瑞家宅安。
护佑子孙无厚薄，公心待人有赞言。
佛声绕耳慈心重，善举盈门胸怀宽。
仁德处世睦四邻，瓜瓞绵长功及天。
修路毁运再择冢[②]，徒居宝地敬永年。

悼大伯[③]

抓丁归义转铁厂，饥肠难捱返故乡。
为人忠厚少文墨，处世中庸耕家昌。
一生简朴行正道，半世勤劳性刚强。
伞寿安逝驾鹤去，茔迁邓坪福泽长。

①祖母：巨凤兰，1908年八月（农历）生于苦水王家坝，卒于1998年二月二十二日（农历），享年91岁。生五男三女。

②再择冢：因杨家坪修高速公路需另择吉地，龙年安葬祖母遗骸。

③大伯：王知胜，生于1926年八月二十二日（农历），卒于2006年二月二十九日（农历），享年81岁。新中国成立前被国民党抓壮丁入伍，后逃跑参加解放军，退伍后安置在白银铁厂工作，三年困难时期返乡务农。

悼大妈[①]

大家闺秀性淑娴，行善睦邻有赞言。
裁衣手巧缝春色，持家脚勤绘彩田。
历经乱世秉仁孝，饱尝风霜生活甜。
梅骨立世希寿去，菊德流芳祭永年。

悼二爹[②]

乱世谋生盼解放，金城招人进工厂。
敬业有恒堪劳模，爱国无私忠心常。
处事厚道崇简朴，为人和善贤名彰。
德昭后世耆寿去，茔迁麻山冥福长。

悼二妈[③]

重疾仙逝噩耗传，冰泪遥思诸事谙。
勤耕桑田盼硕果，俭持家务度时艰。
为人耿直有苦乐，处世厚道无遗难。
重觅新茔曹坪塬，手托金印福永年。

---

①大妈：王秀莲，1928 年十月十五日（农历）生于上大路，卒于 2000 年腊月初二（农历），享年 73 岁。生三男一女。大妈手巧，是远近闻名的裁缝。

②二爹：王知仕，生于 1929 年三月二十八日（农历），卒于 1989 年二月初八（农历），享年 61 岁。新中国成立前在兰州东岗砖瓦厂打工，后招工进入兰州农机制配厂工作至退休。

③二妈：缪秀花，1936 年 2 月十二日（农历）生于苦水街村，卒于 2010 年十月初二（农历），享年 75 岁。生二男三女。

赞家翁[①]

为人忠厚事农桑，服务基层岁月长。
热心民情调纠纷，职掌村务众口良。
处世勤俭担日月，待人公道誉满乡。
在党花甲获重誉[②]，爱国清廉有荣光。

牛年贺父亲九十华诞

红厅喜宴贺家翁，岁越鲐背享尊荣。
思敏在学常动脑，年高缘勤时宽心。
睡前按摩百疾去，五更练拳一身轻[③]。
四世同堂感盛世，五福临门庆长春。

---

①家父：王知恩，生于 1932 年三月十六日（农历）。新中国成立初，在大路村率先成立了第一个农民互助合作社，先后任苦水镇、十里铺、大路大队党支部书记等职务。改革开放后，领办大路磷肥厂，苦水轧钢厂等乡镇企业，带领乡亲共同致富。热心社火等公益事业。

②获重誉：父亲入党 60 余年，担任村支书近半个世纪，2021 年 7 月荣获国家颁发的“光荣在党 50 年”荣誉奖章。

③父亲一生勤劳，非常注重养生。自编了一套适合自己的保健操，终年不弃，很是管用，长寿于此有很大关系。

辞母[①]

庚子惊魂龙头殇，慈母驾鹤升天堂。
驱车护体归故里，汽笛哀鸣泪眼茫。
灵前辞亲阴阳隔，冰泪穿心悲声长。
忍看高堂少一人，再无娘亲诉衷肠。
哀乐鸣放替吹打，丧事简办开新风[②]。
双虎抱头柏棺艳，五龙捧寿昭瑞麟。
送殡车龙腾紫气，安息吉地纳祥云。
拙笔沾泪铭遗事，秉德兴业报懿恩。

思母（藏头诗）

慈心有恒度时艰，母爱无垠事感天。
万里坦程缘教诲，福临寒门擎大安。
菊香盈庭引紫气，德音传世惠彩田。
流泪忆亲秉遗训，芳懿佑宅启大贤。

①母亲张秀兰，1934 年四月十九日（农历）出生于甘肃省兰州市西固区河口镇沙沟门社，卒于 2020 年二月二日 9 时（农历）俗称龙抬头，享年 87 岁。生二男二女。

②开新风：指在我母亲丧仪上，村上因疫情决定今后无论谁家办丧事废除阴阳吹打念经惯例，改为播放哀乐纪念，并进行了丧仪系列改革，反浪费，倡新风。

祭母

年少不幸失双亲，垂髫懵懂投姑尊。
二八成家勤桑麻，四儿待哺赊善邻。
饭操称道为里手，针线细密巧缝春。
持家岁月秉仁义，育子春晖泣鬼神。
功高劳苦无怨言，睦邻孝亲有贤名。
慈母尽瘁病卧床，双目失明日月空。
年近米寿驾鹤去，哺义萦怀泪穿心。
梅骨昭世颂千古，菊德流芳万代崇。

伤感

庭院金秋碧树兴，果香大枣红。
步宅陈设依旧，尘寂叹堂空。

母已去，人无踪，情难终。
几多遗恨，不尽伤感，泪咽心中。

贺四爹[①]米寿华诞

戎马半生南北疆，军营勤耕功德彰。
带兵不忘尽孝道，转业更念富家乡。
处事干练勤创业，为人正直有担当。
隆德昭世垂千古，高风励族万年长。

赞四妈[②]

走南闯北见识广，孝亲厚友慈心常。
为人热情明大义，处事公允性刚强。
勤持家务生春色，劳心社区俱热肠。
历经沧桑梅骨在，笑对人生菊德彰。

悼五爹[③]

身染重疴失华英，壮年早逝奈何人。
父母怜子泪洗面，遗女待哺伯父情。
曾教侄男筛扣鸟，更讲水浒励后昆。
三迁遗骨寝红湾，一片孝心玉壶中。

---

①四爹：王知贵，生于1934年九月初二（农历），1954年5月参军先到北疆伊犁，后换防至南疆库车服役，正营级。1978年转业任兰州市回收公司金属业务部书记退休。为家乡引建轧钢厂兴村富民作出贡献。

②四妈：李兰英，生于1941年10月，1961年随军去新疆，在部队服务社工作，后任七里河回收公司社区主任退休。育有三子一女，其中三子幼年送好友华家为子。

③五爹：王知明，生于1943年卒于1968年农历腊月，因病去世，享年25岁，育有一女。

贺岳父[①]耋寿华诞

泰山耋寿沐荣光，儿孙红厅贺高堂。
倾心园林忠国事，闲暇悬壶济黎苍。
一生勤劳担日月，半世俭朴耕家昌。
身教言传门庭正，德韶名望寿无疆。

贺岳母[②]八十大寿

年届耋寿勤为先，处事刚强铭淑贤。
持家有道睦四邻，为人忠厚心底宽。
教子相夫疼孙辈，喜山乐水绘彩田。
菊德流芳兴家道，梅骨传世福永年。

忆兄长[③]

车驰肃州穿走廊，鼠岁步疾探兄长。
腹胀食少知日短，吊瓶管多病入肓。
少进王舍秉仁孝，壮入油田资家昌。
甲子情深思袍义，再赴酒泉别尘殇。

---

①岳父：高述文，生于1939年八月初八（农历），工作于市区园林部门，但秉承家学，业余行医济世。

②岳母：颜凤兰，生于1942年二月初三（农历），曾工作于兰州针织厂。育有一子四女。

③兄长：李青山，八岁随母改醮，成为我辈长兄。生于1949年，卒于2020年8月15日，享年72岁。生一男一女。

—心韵集—

第十五辑

联海学舟

题王氏宗祠联

基肇太原，先祖硕德昭日月。
脉传庄浪[①]，后裔乐业书春秋。

朝阙飞凫[②]，始祖硕德耀天地。
卧冰跃鲤[③]，先哲至孝化黎民。

紫气盈庭，后裔创业三槐[④]盛。
墨香四溢，先哲[⑤]挥毫九州新。

谦和朴诚，庭有余庆春常在。
孝悌仁义，家无微祸福自多。

硕德化人，须忠孝为人赢天下。
家道兴旺，唯诚信处事谋宏图。

背倚青山，祠居宝地狮滚富。
面临丽水，祖佑后裔业飘香。

桂祖英名千秋记。
功翁德业万代新。

---

①庄浪：明朝时永登称庄浪卫。

②朝阙飞凫：指王姓始祖子乔公每朝阙，凭双凫来去无踪，世人称其仙吏。

③卧冰跃鲤：指孝子王祥不念继母仇，卧冰求鲤，以如母愿。

④三槐：即三槐堂。

⑤先哲：即王羲之。

尽孝尚仁，祖德流芳民风厚。
克勤向善，后裔业盛家道宽。

开张尚维艰，铭先祖克勤克俭创宏业。
守成非易事，冀后昆再接再厉衍家声。

辅国有大贤，秦将明儒宋宰相。
传家无别途，唐诗晋字汉文章。

山无奇观富丹霞，祥云南照。
川有百果兴宝地，紫气东来。

为猪驮山题联

行似风颠，抑恶扬善醒天下。
言多谶语，寓古讽今劝世人。

佛道一山，普度众生共日月。
母子同宫，慈悲为怀惠尘寰。

断指有心，度猪驮砖证菩提。
空不异色，修禅行善终成佛。

玫瑰花开，香飘一川堪仙境。
西山佛盛，惠泽四邑庆升平。

寿联

胸宽可延年，气定神闲笑千鹤。
德韶能增寿，乐善好施度百春。

无欲活神仙，离苦得乐何止米。
有书真富贵，益智延年期以茶。

天命重逢，人生如怡歌盛世。
花甲双庆，老境多福夸人瑞。

志同道合，鸳鸯福寿笑百岁。
天长地久，龙凤呈祥乐千秋。

学雷锋，助人为乐有德可增寿。
效亚圣，清心寡欲无病真幸福。

自题家宅联

窗小可留月，山清水秀共赏春夏秋冬景。
楼高不染尘，春华秋实尽享东西南北福。

春风及第送万福，宅迎紫气。
喜事临门纳百瑞，家兆祯祥。

庭纳金水迎黄河，天卜人财两旺。
门对青山接祥瑞，地显富贵双全。

寒舍有书乾坤大。
斗室无欲天地宽。
——自题书房联

名胜题联

莲池月夜五泉飞瀑，虹桥春涨腾烟雨。
河楼远眺梨园花光，白塔层峦荡晨钟。
——题兰州八景

一夫当关，东来西往凭我追日月。
九曲安澜，风平浪静任尔步春风。
——题古金城关

汉将鞭灵山，竞得五泉泽后世名贯华夏。
人民创伟业，更有九州圆华梦光耀春秋。
——题五泉山

阁揽胜图，金城春色收眼底。
廊藏龙凤，碑铭墨宝醉心头。
——题兰州碑林

金城奇观，群星闪烁犹如天街挂夜幕。
古都胜景，三台重光恰似龙庭在人间。
——题兰山三台阁

身居九州台，文庙有灵赞禹王分鼎安天下。
面朝黄河水，先师无悔传宏声妙语化尘寰。
——题兰州文庙

血沃三山，华岭环翠埋忠骨永垂不朽。
义贯千古，黄河腾浪歌英雄与世长存。
——题兰州华岭山烈士陵园

步吟杜诗，品千年古刹秋花晚霞卧钟侧。
目驰太昊，赞百代羲庙秦松汉柏冲云霄。
——题天水南郭寺

八骏跃琼壁，天造仙景秀四海。
一江腾欢曲，地载漓水名九州。
——题漓江八骏壁

地灵孕人杰，唯楚有才振华夏。
物华蕴天宝，与湘得月耀神州。
——题岳麓书院

登楼有奇观，湖山览胜霞鹜齐飞千里秀。
阅史知兴替，璋谅角逐碧波击舟十朝新。
——题岳阳楼

三面临洋，世外道观修仙骨。
一宫衔月，先师妙论化尘寰。
——题崂山三清宫

借杖收风，揽山川秀韵信步品丽景。
栖云修道，携日月精华悟禅度春秋。
——题青城山

生的伟大，为人民昂首挺胸树傲帜。
死的光荣，守初心赤胆忠骨化彩虹。
——题山西文水县刘胡兰纪念馆

建党救国，铁肩担道兴日月。
传经送宝，妙手著章绘彩田。
——题李大钊烈士馆

励志联

奢侈浪费岂大方，实为造孽。
勤俭节约非小气，全因惜福。

知止即停，为人守道身不辱。
能忍则受，处世平和心自安。

硕谷低头，感恩大地心里满。
竹笋翘首，自傲青天腹中空。

小情无须争，退一步海阔天空见涵养。
大事不糊涂，严三分是非曲直讲原则。

大成若缺，倘赢七八即圆满。
人生无憾，留出二三与子孙。

后　记

中华诗词是文艺殿堂之皇冠，而唐诗宋词则是这顶皇冠上的璀璨明珠。我特别欣赏唐朝诗人不以律害义，常常看似平如白话，实则语由心生，直白表达意境的娴熟修养。我自幼酷爱国学，犹爱诗歌，但因事繁，欣赏多，动笔少。时至 2020 年庚子新春，居家隔离十数日，无事可做，寂寥之余，随提笔草拟了几首歌颂白衣天使的古体诗，自觉尚可，便分门别类，一鼓作气写了千余首：歌颂英雄人物，以弘扬爱国怀民、清廉刚勇之正气；盛赞游历过的大好河山，以彰显山川壮丽、造化神奇之美景；情述先辈芳踪，以昭示饮德食和、耕读传家之家风；简历人生轨迹，以总结得失，裨益晚霞之更红。凡此种种无一不是自我心声的真诚流露。但当我回首吟读时，顿觉浅显直白，随处可见，意境颠倒，比比皆是。于是乎，我疾步书店购得王力先生《诗词格律》等反复研读，迷津豁然。尔后按图索骥对照修改，真所谓写诗难，改诗更难。经过反复打磨删减，现对基本满意的五百六十余首结集成册，冠名《心韵集》，意为心之歌，真情之表白。因是习作，加之时间仓促，水平有限，不足之处，在所难免，纰漏依存，敬请包涵。

我爱硕果累累的金秋，因为辛勤劳作之后有收获的喜悦。在此，我首先特别感谢地方志及谱牒专家周承武先生，是他鼓励我付梓出版，并点串正韵，作序肯定；特别感谢陇上饱学名家、省文史馆资深馆员、兰州大学文学系原系主任、省文联原副主席张文轩先生，他不顾耄耋之年，通读拙作后欣然作序，以资鼓励；特别感谢同事贺建华同志不辞辛劳，电脑录入，格式排版。还要感谢支持我，关心我的家人。常言道“诗言志、歌永言”，我会继续以饱满的激情，执着的精神，深研诗词的奥妙，品味大家的灵境，以更加凝练形象的语言，工整对仗的词句，步入诗坛创作之正轨。不求出名，只为充实人生。

王兴田

二〇二三年二月十日晨于竹墨轩